GESCHICHTE ERLEBEN
GERSTENBERG VISUELL

POMPEJI

Der Untergang einer Stadt

Der Admiral der römischen Flotte erhielt einen Hilferuf.

Eine belebte Straße in Pompeji am Tag vor dem Vulkanausbruch

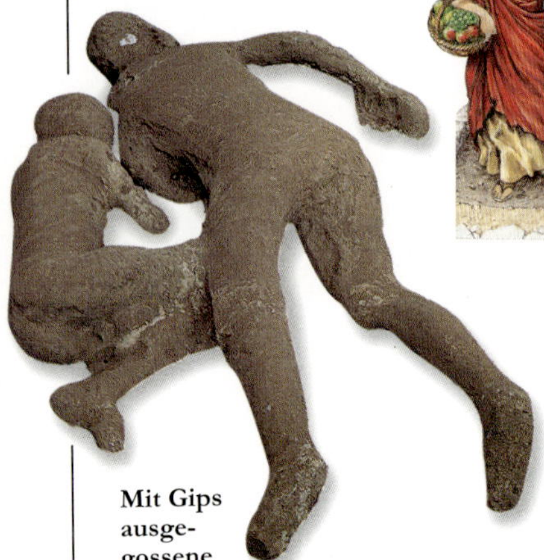

Mit Gips ausgegossene Hohlformen von Vesuv-Opfern

Der Ausbruch des Vesuv hüllte die Gegend in Dunkelheit und wühlte das Meer auf.

Pompeji

Der Untergang einer Stadt

Text von
Melanie und Christopher Rice

Illustrationen von
Richard Bonson

Gerstenberg Verlag

Bibliografische Information Der Deutschen Bibliothek

Die Deutsche Bibliothek verzeichnet diese Publikation in der deutschen Nationalbibliografie; detaillierte bibliografische Daten sind im Internet über *http://dnb.ddb.de* abrufbar.

Ein Dorling-Kindersley-Buch
Originaltitel: Pompeii, the day a city was buried

Lektorat: Francesca Baines, Scarlett O'Hara, Linda Martin
Layout und Gestaltung: Almudena Díaz, Julia Harris, Mark Haygarth, Joanna Pocock, Vicky Wharton
Herstellung: Lisa Moss
Bildrecherche: Catherine Edkins, Lee Thomson
Fachliche Beratung: Keith Lye

Aus dem Englischen von Margot Wilhelmi, Sulingen
Redaktionelle Bearbeitung der deutschsprachigen Ausgabe von Eva und Hans-Jürgen Schweikart, Bayreuth

Satz: Gerstenberg Druck GmbH, Hildesheim
Printed in China

www.gerstenberg-verlag.de

ISBN 3-8067-4851-9

05 06 07 08 6 5 4 3

Inhalt

POMPEJI: EIN FENSTER ZUR VERGANGENHEIT
6

Das Römische Reich
8

Eine Stadt am Mittelmeer
10

Die Menschen von Pompeji
12

Kindheit in Pompeji
14

ERUPTION
16

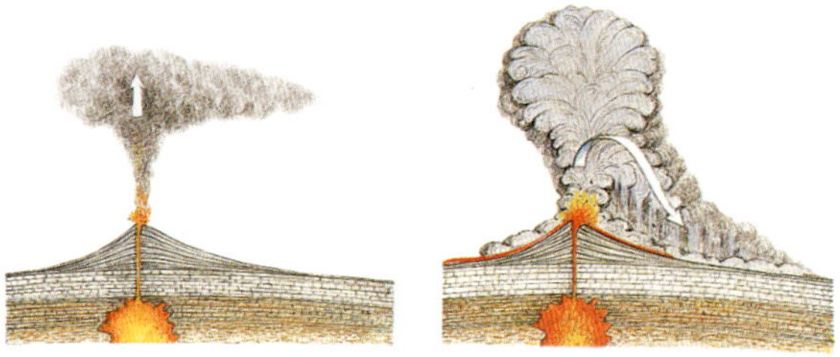

Missachtete Warnungen
18

Der Berg explodiert
20

Die letzten Stunden
24

Die versunkene Stadt
26

Die Entdeckung
28

Besuch in der Vergangenheit
30

So war Pompeji
32

Alltag in Pompeji
34

Ein römisches Stadthaus
36

Öffentliche Bäder
38

Im Theater
40

Das Amphitheater
42

Der Vesuv 79 n.Chr.
44

Was ist ein Vulkan?
46

Register
48

Pompeji: Ein Fenster zur Vergangenheit

Pompeji war eine unbedeutende römische Stadt in Süditalien, doch ihr Platz in der Geschichte ist einzigartig. Nach 1700 Jahren Schlaf unter einer dicken Schicht vulkanischer Asche wurde die Stadt hervorragend erhalten wieder entdeckt. Seitdem setzen Archäologen und Historiker Stück für Stück ein Bild vom Leben der einstigen Bewohner zusammen.

Straßenszene in Pompeji vor dem Ausbruch, gemalt von Raffaele Gianetti (1832–1916)

Römische Münzen

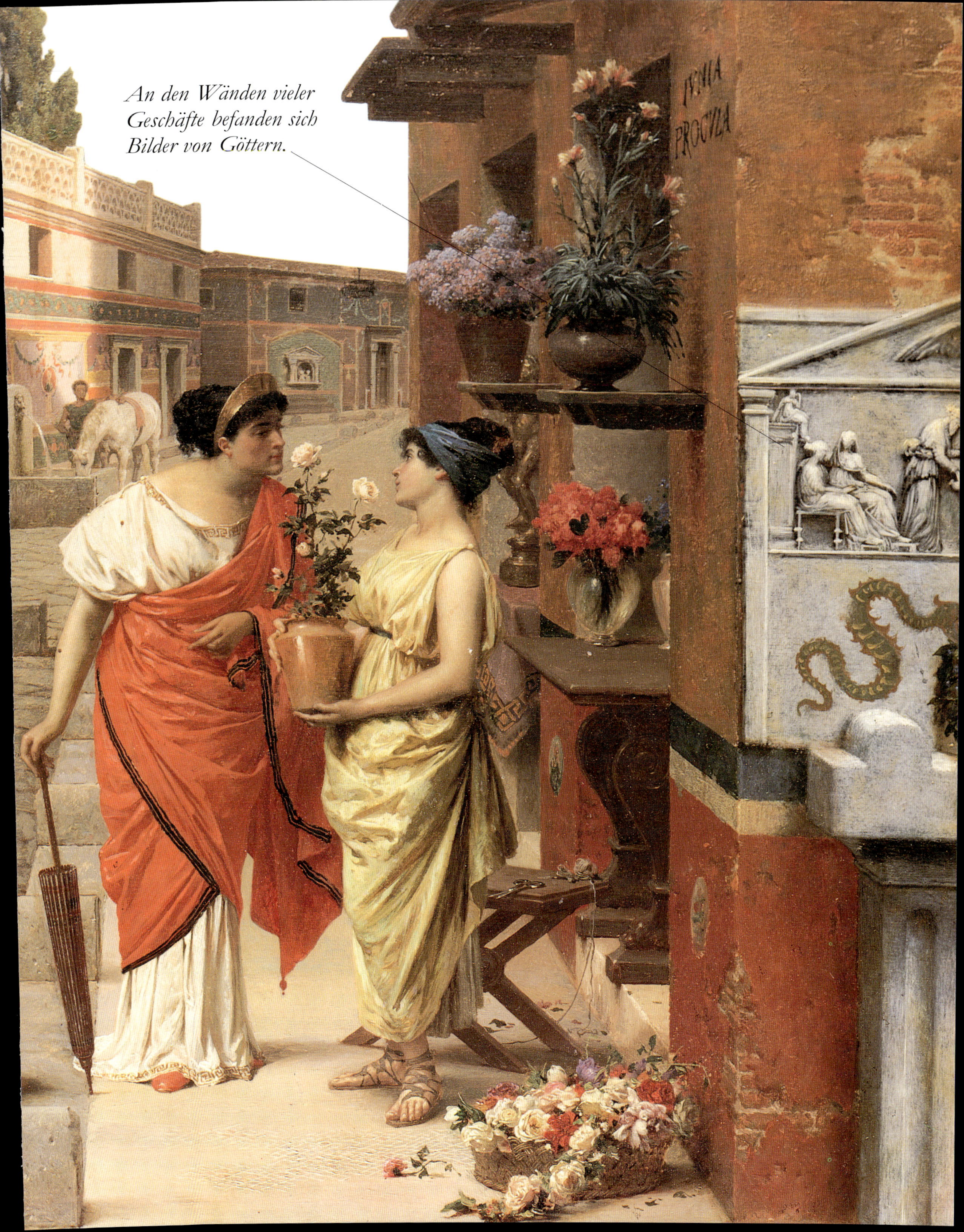

An den Wänden vieler Geschäfte befanden sich Bilder von Göttern.

Das Römische Reich

Pompeji war nur ein winziger Punkt im großen, mächtigen Römerreich. Der erste römische Kaiser, Augustus, brüstete sich auf dem Totenbett, die ganze Welt unter römische Herrschaft gebracht zu haben. Rom hatte sich über die Jahrhunderte aus ein paar Siedlungen am Tiber zu einer großen Militär- und Wirtschaftsmacht entwickelt, deren Einfluss sich über den gesamten Mittelmeerraum erstreckte. Enorme Mengen an Gütern flossen aus allen Teilen des Reiches in die Hauptstadt: Gold, Silber, Kunstwerke – und auch Sklaven. Städte wie Pompeji konnten im Schutz der römischen Streitkräfte in Frieden Handel treiben und ein kulturelles Leben entwickeln.

Stadt am Tiber
Das heutige Rom, die Hauptstadt Italiens, liegt auf den Ruinen der alten Stadt, die einst Hauptstadt des Römischen Reiches war. Das auf sieben Hügeln erbaute Rom war mit schätzungsweise einer Million Einwohner bei weitem die größte Stadt der Antike. Reste von Läden, Theatern, Bädern und Tempeln kann man heute noch im Zentrum Roms besichtigen.

Die Geschichte Roms

753 v.Chr.: Gründung Roms
Rom ist nach seinem ersten Herrscher, Romulus, benannt, der der Sage nach zusammen mit seinem Zwillingsbruder Remus von einer Wölfin aufgezogen wurde.

Eine Wölfin säugt Romulus und Remus.

Eine Debatte im Senat

510 v.Chr.: Die Römische Republik
Der als Nachfahr des Romulus geltende Tyrann Tarquinius wurde aus Rom verbannt. Die Stadt wurde eine unabhängige Republik, die von zwei jährlich vom Senat (Ratsversammlung des Adels) gewählten Konsuln regiert wurde.

264 v.Chr.: Punische Kriege
Rom kämpfte in mehreren Kriegen mit der nordafrikanischen Großmacht Karthago um die Vorherrschaft im Mittelmeer und siegte schließlich: 146 v.Chr. machte der berühmte Feldherr Scipio Karthago dem Erdboden gleich.

Eine römische Galeere

80 v.Chr.: Kolonisierung Pompejis
Nach einer Belagerung nahmen die Römer Pompeji ein und besiedelten es.

Die Kriegerkönigin Boudicca

43–61 n.Chr.: Invasion in Britannien
Nach der Niederschlagung aufständischer Stämme unter Königin Boudicca wurde Britannien römische Provinz.

62 n.Chr.: Erdbeben in Pompeji
Pompeji war Zentrum eines starken Erdbebens, mit Schäden auch in den Nachbarstädten Nuceria und Neapolis (Neapel). Man begann sofort mit dem Wiederaufbau.

Der Vesuv bricht aus.

79 n.Chr.: Ausbruch des Vesuv
Pompeji und Herculaneum wurden unter vulkanischer Asche begraben und vergessen.

Ein Barbar zu Pferde

286 n.Chr.: Barbarenangriffe
Barbaren (bei den Römern als „unzivilisiert“ geltende Stämme) bedrohten die nördlichen und östlichen Grenzen. Um die Regierung zu erleichtern, teilte Kaiser Diokletian das Reich in Ost- und Westrom.

Kaiser Konstantin sah in einer Vision ein flammendes Kreuz am Himmel.

Das Römische Reich 117 n.Chr.

In seiner Blütezeit erstreckte sich das Römische Reich von Spanien im Westen bis Syrien im Osten, von Britannien im Norden bis Ägypten im Süden.

Das Zeichen der Republik
Die Verteidigung des Römischen Reiches ruhte auf den Schultern einer gut ausgebildeten, disziplinierten Armee. Die Truppen trugen Banner mit den Initialen SPQR für „Senat und Volk Roms".

73 v.Chr.: Sklavenaufstand
Der Gladiator Spartacus, Anführer eines Sklavenaufstands, hatte einmal sein Lager im Vesuvkrater aufgeschlagen. 71 v.Chr. wurde der Aufstand niedergeschlagen.

Rebellenführer Spartacus

In den bekannten Comics führen die Gallier Asterix und Obelix die Römer an der Nase herum.

59–51 v.Chr.: Eroberung Galliens
Unter dem Feldherrn Julius Cäsar besetzten die Römer Gallien (Frankreich).

44 v.Chr.: Cäsars Ermordung
Aus Furcht, dass Julius Cäsar die Republik stürzen und König werden wollen könnte, ermordete ihn eine Gruppe Senatoren.

Cäsars Tod

31 v.Chr.: Ende der Republik
Cäsars Großneffe Oktavian beendete mit seinem Sieg über Mark Anton in der Schlacht bei Actium einen Bürgerkrieg. Er änderte die römische Verfassung und erklärte sich unter dem Namen Augustus zum Alleinherrscher.

Augustus

312 n.Chr.: Christentum anerkannt
Nach dem Sieg über Maxentius wurde Konstantin Kaiser über den Westteil des Römischen Reiches. Er führte seinen Sieg auf die Vision eines Kreuzes als Zeichen Gottes zurück und beendete jegliche Benachteiligung der Christen.

330 n.Chr.: Neue Hauptstadt
Byzanz (heute Istanbul) wurde die neue Hauptstadt des Römischen Reiches und nach Kaiser Konstantin in Konstantinopel umbenannt.

Konstantinopel (Istanbul)

Hunnenkönig Attila

410 n.Chr.: Plünderung Roms
Der Barbarenführer Alarich stürmte Rom und plünderte die Stadt. Nachfolgende Invasionen der Goten, Vandalen, Hunnen und anderer Stämme schwächten das Westreich und Rom selbst verfiel.

476 n.Chr.: Der letzte Kaiser
Der letzte weströmische Kaiser wurde von Odoaker, einem Barbarenhäuptling, entthront. Das Ostreich hielt sich bis 1453.

Speer- und Pfeilspitzen von Barbaren

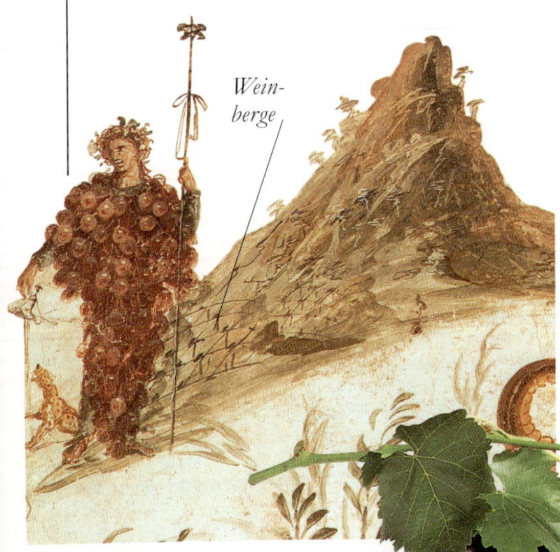

Eine Stadt am Mittelmeer

Im Jahr 79 n.Chr. war Pompeji eine wohlhabende Stadt. Sie lag auf einer weiten Hochebene 10 km südlich des Vesuv und bot einen schönen Blick auf den reizvollen Golf von Neapel. An der Mündung des Sarno, der jenseits der festungsartigen Stadtmauern floss, war ein geschäftiger Hafen entstanden. Hier liefen Schiffe aus Griechenland, Spanien, Syrien und Nordafrika ein und entluden ihre Ladung aus Papyrus, Glas, Keramik, Juwelen, Trockenobst und Gewürzen im Tausch gegen Wein, Getreide und *Garum*, eine teure Fischsoße aus der Region.

Pompejanische Trauben lieferten herbe, schwere Weine.

Weinbau
Das einzige Bild des Vesuv vor dem Ausbruch (oben) zierte die Wand eines pompejanischen Hauses. Man sieht den Weingott Bacchus vor den Weinbergen am Vesuv. Die Nachfrage nach Wein aus Pompeji war groß – in einem Weinkeller wurden bis zu 100.000 l für den Verkauf in den Tavernen vor Ort und für den Export gelagert.

Purpurschnecken
Mit der aus Purpurschnecken gewonnenen roten Farbe wurden die Gewänder des Kaisers gefärbt.

Leben im Meer

Der Schöpfer dieses in einem pompejanischen Haus entdeckten Mosaiks hat die Fänge ortsansässiger Fischer zu einem Bild zusammengestellt. In der Mitte kämpft ein Krake mit einem Hummer. Weiterhin sieht man u.a. Purpurschnecken, Kalmare und Fische wie Seebarsch, Meerbarbe und Muräne.

Fischsoße

Zum Würzen der Speisen benutzte man Kräuter, Gewürze und kräftige Soßen. Bekannt war die pikante Fischsoße *Garum*.

Rezept für *Garum*
Einen ganzen Fisch klein hacken, zerstampfen und die Masse verrühren. In der Sonne gären lassen. Vor dem Abfüllen in Krüge kräftig mit Salz abschmecken.

Als Rom im 5. Jh. von den Barbaren angegriffen wurde, war Ravenna zeitweilig Hauptstadt des Weströmischen Reiches.

Flüsse wie Tiber, Arno und Po waren wichtige Transportwege, über die Händler ihre Waren ins Land brachten.

In erster Linie für militärische Zwecke bauten die Römer eine Straße, die Via Appia, von Rom bis nach Brindisi.

Heute ist der Ätna einer der größten aktiven Vulkane der Welt. Die Römer hielten ihn für die Schmiede des Feuergottes Vulcanus.

Fruchtbare Vulkanerde

Der Vesuv ist nur einer von vielen Vulkanen am Golf von Neapel. Vulkanische Asche ist reich an Nährstoffen, die den Boden düngen. Hier grasen Schafe auf einer saftigen Weide.

Römische Schafstatuette

Wollhandel

Wolle war eine Grundlage der Wirtschaft Pompejis. Die Tuchmacher und -händler gehörten zu den reichsten Bürgern der Stadt.

Villen am Meer

Pensionierte Feldherren und andere reiche Römer bauten sich am Golf von Neapel prächtige Landhäuser. Hier war das Klima mild und die Umgebung friedlich.

Italien

Die italienische Halbinsel, die weit ins Mittelmeer ragt, ist sehr gebirgig: Der Apennin zieht sich fast über die gesamte Länge von Nord nach Süd. Pompeji liegt etwa 200 km südöstlich von Rom in der besonders fruchtbaren Region Kampanien, in der heute wie früher Weinbau, Ackerbau und Viehzucht eine große Rolle spielen.

„Ich werde euch zeigen, wo ihr alle Arten von Menschen findet, gute oder böse, Ehrenmänner oder Schurken.“

Der römische Dichter Plautus (254–184 v.Chr.) über das Forum Romanum

Die Menschen von Pompeji

Über die Bewohner Pompejis wissen wir mehr als über die der meisten anderen Stätten der Antike, weil so viel von ihnen erhalten ist – man konnte sogar Gussfiguren von ihren Körpern fertigen! Wir stellen uns vor, einige bekannte Pompejaner träfen sich auf dem Forum.

Ein Disput

Rechtsstreitigkeiten unter Pompejanern wurden von einem Richter in der Basilika (Gericht und Börse) beigelegt. Der Tuchmacher Vesonius und der Bankier Caecilius könnten dort eine Einigung über die Rückzahlung eines Kredits erzielt haben.

Beim Barbier

Unter den Kolonnaden des Forums gab es Stände, die die unterschiedlichsten Waren und Dienste anboten. Der Filzhändler Verecundus konnte sich auf dem Weg zur *Eumachia* (Tuchhalle) schnell die Haare schneiden und den Bart stutzen lassen.

Das Forum

Auf dem großen Marktplatz von Pompeji, dem Forum, drängten sich meist viele Menschen: Geschäftsleute auf dem Weg zu ihren Büros in den Getreidespeichern, Politiker, die Reden hielten, Priester auf dem Weg zum Tempel des Apollo und Händler, die an ihren Ständen in den Arkaden mit Kunden feilschten.

Tempel des Apollo
Apollo war der römische Sonnengott.

Standardgewichte
Marktinspektoren überprüften die Gewichte der Händler.

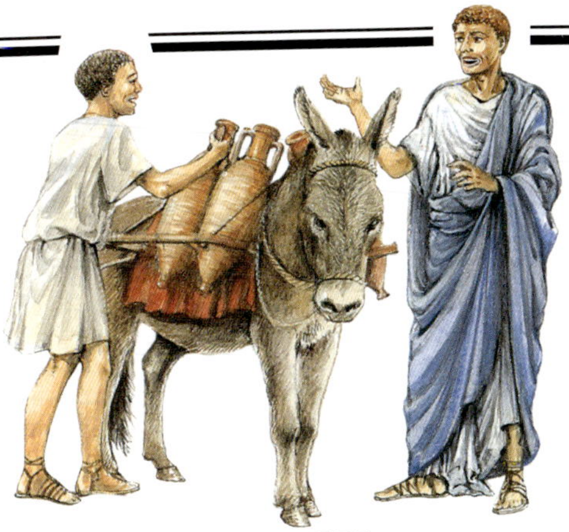

EINKAUFEN

Modestus, ein pompejanischer Bäcker, hatte viele Sklaven, die für ihn arbeiteten. Einer von ihnen begleitete ihn zum *Macellum* (Lebensmittelmarkt), um Krüge mit Öl zu kaufen.

WAHLKAMPF

Bürger wie der Weinhändler Marcus Holconius und sein Freund waren wichtige Personen des politischen Lebens von Pompeji. Sie stellten den Schriftmaler Aemilius Celer an, der für sie politische Parolen an die Mauern des Forums schrieb.

Graffiti

Graffiti auf vielen Mauern Pompejis verraten uns etwas über die Gefühle und Meinungen des einfachen Volkes.

Wählt mich!
Auf dieser Mauer an einer Hauptstraße fand man Reklame für Waren und Gladiatorenkämpfe, aber auch Wahlpropaganda.

EIN GEDICHT, BITTE!

Gedichtvorträge waren in der Römerzeit eine beliebte Unterhaltung. Vor dem Tempel des Jupiter standen Dichter aus der Umgebung und rezitierten für die Passanten ihre neusten Verse.

Tempel des Jupiter
Jupiter, der höchste Gott, regierte den Himmel.

Kunstwerke
Ausgegraben wurde nur der Sockel dieser Figur. Doch nach einer Reliefdarstellung am Haus des Caecilius (S.19) handelte es sich um eine Pferdestatue.

Büroraum
Im Obergeschoss der Getreidespeicher befanden sich Büros.

Geburtsrituale
Ein neugeborenes Kind legte man dem Vater zu Füßen. Wenn es sich um einen gesunden Jungen handelte, nahm ihn der Vater auf den Arm. Mädchen wurden gleich der Amme übergeben.

Kindheit in Pompeji

Kinder wurden in der Regel zu Hause von einem Elternteil oder einem Tutor unterrichtet. Sie lernten ihre Lektionen auswendig, für faule Schüler gab es Schläge! Jeder musste lesen und schreiben können, sogar die Sklaven. Jungen wurden in den Fächern Griechisch, Rhetorik und Recht unterwiesen und übten sich in sportlichen und militärischen Fertigkeiten, Mädchen lernten alle Fertigkeiten, die sie brauchten, um einen Haushalt zu führen, und manche Sklaven bekamen sogar Mathematikunterricht, damit sie der Familie als Buchhalter dienen konnten.

Goldapfel
Eine Woche nach der Geburt hängte man einem Jungen einen Goldapfel *(Bulla)* um den Hals. Dieses Amulett war das Zeichen, dass das Kind frei (nicht als Sklave) geboren war.

Väter und Söhne

Die Väter übernahmen vorrangig die Erziehung ihrer Söhne. Auf diesem Relief (links) trägt ein Junge seinem aufmerksam lauschenden Vater eine Lektion vor. Von Kindern wurde erwartet, dass sie sich wie Erwachsene benahmen, es gab aber auch Zeit zum Spielen (in der Mitte fährt der Junge einen Eselskarren).

Jungenleben
Dieses Marmorrelief auf einem Sarkophag (Steinsarg) zeigt Szenen einer Kindheit.

Kurze Kindheit

Römische Kinder wurden schnell erwachsen. Wenn ein Junge 15 oder 16 Jahre alt war, veranstaltete man ihm zu Ehren eine Volljährigkeitsfeier. Der junge Mann legte seine *Bulla* und seine Kindertoga auf dem *Lararium* (Hausaltar) als Opfer für die Götter nieder und ging anschließend mit seinem Vater und Freunden zum Forum, um ein Opfer zu bringen.

Kleine Erwachsene
Wie auf dieser Straßenszene des Malers Lawrence Alma-Tadema (19.Jh.) zu sehen ist, behandelte man römische Kinder wie Erwachsene.

Stylus *(Griffel) zum Schreiben auf Wachs*

Wachstafel

Junge Frauen

Mädchen lernten zu Hause unter der Obhut ihrer Mutter Weben und andere Haushaltsfertigkeiten. Sie galten mit 14 als erwachsen; dann arrangierten die Eltern für sie eine Heirat.

Der Hausaltar

Jedes Haus hatte einen eigenen Altar, der den Hausgöttern geweiht war. An diesem *Lararium* beteten die Familienmitglieder täglich.

Malerei auf einem Hausaltar

Genius

Lar

Geister für Schutz und Wohlstand
Der *Genius* (Patron des Hauses) wird von zwei *Laren* (Schutzgeistern) flankiert. Die Schlange ist ein Symbol der Fülle.

Bienen
Die Römer hielten Bienen für Boten der Götter und für Glücksbringer.

Frisch vermählt

Am Hochzeitstag trug die Braut ihr Haar geflochten. Nach der Trauungszeremonie gab sich das Paar die Hand als Zeichen dafür, dass sie nun Mann und Frau waren. Anschließend führten sie eine Fackelprozession zum Haus des Bräutigams an. Freunde und Verwandte riefen ihnen „*feliciter*" zu, d.h. „viel Glück".

Nüsse
Braut und Bräutigam warfen Walnüsse in die Menge. Das sollte Glück bringen.

Früher Tod

Die Kindersterblichkeit lag im alten Rom bei etwa 50 Prozent. Dieser Grabstein erinnert an die zehnjährige Avita. Er zeigt sie mit ihren Büchern und ihrem Hund.

Fakten

- Die Römer waren sehr abergläubisch und wählten das Hochzeitsdatum sorgfältig aus. Man mied den Mai, in dem der Toten gedacht wurde, und den März, der dem Kriegsgott Mars geweiht war.
- Den Toten legte man eine Münze für den Fährmann Charon in den Mund, der nach römischem Glauben die Seelen in das Land der Toten brachte.

Göttin der Liebe
Diese Statue stammt aus dem Haus der reichen Pompejanerin Julia Felix.

Venus bindet ihre Sandalen.

Die Göttin Pompejis
Die Römer verehrten viele Götter, die Lieblingsgöttin der Pompejaner aber war die Liebesgöttin Venus. In Häusern, Läden und Geschäftsvierteln fand man sie in Statuen und Bildern dargestellt.

Plinius beschrieb „breite Feuergarben und mächtige Feuersäulen ..., deren heller Schein sich durch das Dunkel der Nacht noch verstärkte".

Plinius der Jüngere

„Schon war es anderwärts Tag, dort aber Nacht, schwärzer und finsterer als alle Nächte, nur dass zahlreiche Fackeln und allerlei Feuererscheinungen das Dunkel etwas erhellten. Man (Plinius d.Ä. und seine Begleiter) entschloss sich nunmehr, an den Strand zu gehen und aus der Nähe Umschau zu halten, ob das Meer schon einen Rettungsversuch gestatte; doch dieses blieb stürmisch und der Gegenwind ungebrochen ... ich habe all das geschildert, was ich selbst erlebt oder was ich gleich anfangs ... vernommen habe."

Plinius der Jüngere in *An Tacitus* (VI 16, 104 n.Chr.)

Missachtete Warnungen

Bereits Tage bevor der Vesuv ausbrach, gab es Erdbeben und ein Rumoren in der Tiefe. In Pompeji knarrten und quietschten die Türen, Hängelampen schwangen hin und her, Gläser klirrten in den Regalen. Doch die meisten Menschen ignorierten die warnenden Vorzeichen, wahrscheinlich weil schon öfter Ähnliches passiert war. Erdbeben gab es jedes Jahr. Was die Menschen nicht erkannten: Diesmal kündigten sie die Explosion des Berges an.

Vulcanus, Gott des Feuers
Das Wort Vulkan leitet sich vom Namen des Schmiedes Vulcanus, des römischen Feuergottes, ab. Wie der Zufall es wollte, fiel das Fest dieses Gottes auf den 23. August, den Tag vor der Eruption.

Kinderspiele
Diese Kinder spielen das Knöchelspiel, eine Art Würfelspiel mit würfelförmigen Knochen aus Schafsfüßen.

Frühe Warnung

Oft spielten Kinder auf den Straßen von Pompeji. Die hier gezeigten waren wohl so in ihr Spiel vertieft, dass sie nicht bemerkten, wie das Wasser aus dem Brunnen zu fließen aufhörte.

Murmeln
Pompejanische Kinder spielten auch mit Murmeln aus Glas, Ton oder Nüssen.

Ton-murmeln

Glasmurmeln

Auf der Strasse

In Pompeji gab es keine richtige Kanalisation. Verrottendes Gemüse, Fleischereiabfälle und anderer Abfall lagen auf der Straße, bis der nächste Regen sie wegspülte. In trockenen, heißen Sommern muss der Gestank unerträglich gewesen sein.

Der Filzhändler Verecundus
Verecundus nahm kurz vor dem Ausbruch eine Lieferung Filz an, ohne zu wissen, dass dieser nie benötigt werden würde.

Sechster Sinn
Schwärme von Möwen verließen die Stadt – ein weiteres Anzeichen der nahenden Katastrophe.

Der Berg explodiert

Die Sklaven der Isispriester servierten gerade das Mittagessen (Brot, Wein, Huhn, Fisch und Eier), als eine ohrenbetäubende Explosion den Tempel erschütterte. Das Geschirr zerschellte am Boden, die Männer eilten erschrocken auf die Straße und alle starrten auf den Vesuv, von dem dichter, schwarzer Rauch aufstieg. Unmittelbar darauf zog die Wolke in Richtung Stadt, der Himmel verdunkelte sich und es begann Asche und Bimsstein zu regnen.

Geister von Pompeji
Dieses Porträt fand man in einem Haus in Pompeji. Die Archäologen gaben ihm den Namen *Porträt des Paquius Proculus und seiner Frau*. Doch wer die dargestellten Personen genau waren, wissen wir nicht. Ob sie Zeugen der dramatischen Ereignisse am 24. August waren?

Vorsicht!
Dachziegel und Backsteine fielen auf Straßen und Plätze.

Warnung
Bauern von den Hängen des Vesuv berichteten von ungewöhnlichen Vorgängen. Doch man hörte nicht auf sie.

Erst das Geld
Manche Leute ließen sich nicht so leicht aus der Ruhe bringen. Diese Kunden wollten sogar erst noch ihr Wechselgeld.

Flucht in die Ferne
Wir wissen, dass Caecilius' Sohn Quintus nach England entkam. Vielleicht gab ihm sein Vater sein Pferd, ehe er nach Hause rannte.

Der Einsturz des Forums

Das Forum war das religiöse und wirtschaftliche Zentrum Pompejis und ein beliebter Treffpunkt. Selbst an Festtagen drängten sich hier Politiker, Geschäftsleute und Händler. Ihr erster Gedanke war: „Weg von den einstürzenden Gebäuden!"

Panik auf den Strassen

Trotz der Warnzeichen muss die plötzliche Explosion zu einem Aufruhr in den engen Straßen geführt haben. Händler und Kunden rannten in alle Richtungen davon und waren sich gegenseitig im Weg.

Panik griff um sich: Manche Menschen rannten nach Hause, um ihre Habseligkeiten zu holen, andere flüchteten sofort aus der Stadt. Sie ertasteten sich in der Dunkelheit ihren Weg und stolperten, um Atem ringend, über das Bimsgestein, das die Straßen bedeckte. Bald waren die Straßen von Geröll blockiert und Häuser brachen unter dem Gewicht von Bimsstein und Asche zusammen. Giftige Gase drangen durch die Türritzen und Eltern bedeckten die Gesichter ihrer Kinder. Doch es gab kein Entkommen und als der Morgen hereinbrach, war kaum einer von denen, die in Pompeji geblieben waren, noch am Leben.

Explosion!
Gegen 13 Uhr stieß der Vesuv eine gewaltige, 27 km hohe Säule von Gas, Asche und Bimsstein aus.

Wände wackeln
Bauarbeiter, die am Theater noch die Schäden des Erdbebens von 62 n.Chr. reparierten, rannten um ihr Leben.

Echte Angst
In ihrer Panik flüchteten die Schauspieler in ihren Kostümen.

Gebet um Gnade

Die Priester der Isis versuchten vorrangig die Statuetten sowie die Gold- und Silbergaben aus dem Tempel zu retten und verstauten die Kostbarkeiten in Leinensäcken. Ehe sie flohen, brachten sie der Göttin eilig ein Opfer dar.

Fakten

- Experten schätzen die damalige Bevölkerung Pompejis auf 20.000. Bisher hat man nur 2000 Tote gefunden, sodass man annehmen kann, dass vielen die Flucht gelang.
- Heute ist die Region am Vesuv viel dichter besiedelt als 79 n.Chr. Wenn eine vergleichbare Eruption stattfände, kämen hunderttausende von Menschen ums Leben.

Vor Angst gelähmt

Panik wirkt sich unterschiedlich aus: Kollegen drängten den Schauspieler Dion das Theater zu verlassen, doch er war vor Schreck wie gelähmt und schien sie nicht zu hören. Schließlich rannten sie davon und überließen Dion seinem Schicksal.

ERUPTION

Am 24. August 79 brach der Vesuv aus und brachte das Ende für Pompeji. Plinius der Jüngere lieferte einen Augenzeugenbericht. Er sprach mit Überlebenden und verfasste später einen Bericht über die Reise seines Onkels in das Katastrophengebiet.

Der Tod des Plinius,
Pierre-Henri de Valenciennes (1813)

Steinhagel

Explodierende Lava
Der Ausbruch 79 n.Chr. war eine Explosion von Gas und zäher Lava. Beim Kontakt mit der Luft zerstob die Lava in winzige Teilchen – Asche, Staub, Bimsstein (leichtes Gestein mit vielen Luftblasen) – aber auch große vulkanische Bomben.

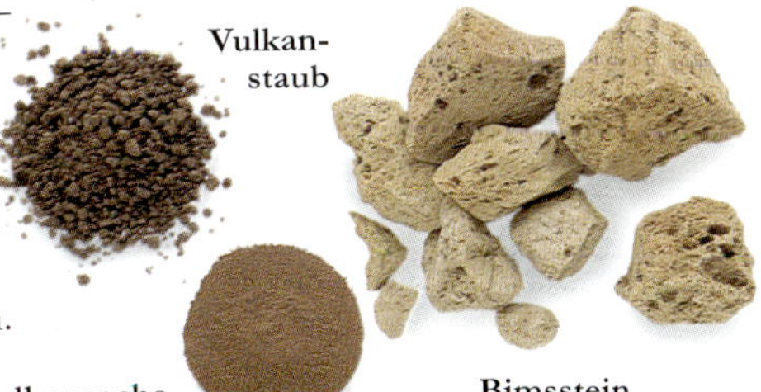

Finsternis
Am 25. August verdunkelten den ganzen Tag über dichte Aschewolken die Sonne.

Schutz
Viele flüchteten sich in die Bootsschuppen, die in die Hafenmauer eingelassen waren.

Zurückgetrieben
Tosende Winde machten eine Flucht übers Meer unmöglich.

Steinschlag
Die Menschen versuchten ihre Köpfe mit Kissen vor dem Bimssteinschlag zu schützen.

Gefangen

Durch die Dunkelheit der Vulkanasche sah Plinius die flackernden Lichter eines Hafens und hörte Schreie vom Land. Doch die Hafenzufahrt war von Auswurfmaterial blockiert, sodass er nicht landen konnte. Enttäuscht segelte er weiter nach Stabiae, wo er die Nacht bei einem Freund verbrachte.

Letzte Stunden

Als Plinius am nächsten Morgen erwachte, schwankte das Haus und vor der Tür türmte sich Asche. Auf zwei Sklaven gestützt versuchte er sich an den Strand zu retten, brach aber tot zusammen, weil der giftige Qualm ihm den Atem nahm.

Die versunkene Stadt

Nach 79 n.Chr. geriet das verschüttete Pompeji in Vergessenheit. Zwar sprachen die Bewohner der Region von einer versunkenen Stadt, doch nun weideten hier Schafe und Bauern bearbeiteten das Land. Hin und wieder fand man Marmorstücke mit lateinischen Inschriften, doch erst im 18. Jahrhundert begannen Archäologen mit der Ausgrabung Pompejis.

Foto von den Ausgrabungen in Pompeji nach 1890

„Nichts ist ewig.
Wenn auch die Sonne golden scheint,
muss sie doch ins Meer sinken.
Auch der Mond ist verschwunden,
der doch so hell leuchtete.
So harre aus, wenn der Geliebte rast,
dieser Sturm wird bald
zum sanften Zephir
schwinden.“

Graffiti von einer Wand in Pompeji

Diese Figuren fand man im sog. Garten der Flüchtlinge (einem Friedhof vor der Stadt).

Mit Gips ausgegossene Hohlformen der Körper einer Mutter mit Kind

Arbeiter brachten Erde und Steine in Strohkörben fort.

Diese Villa erhielt den Namen „Haus der Silberhochzeit“, weil sie 1893 am 25. Hochzeitstag des italienischen Königspaares entdeckt wurde.

Aufseher sorgten dafür, dass nichts gestohlen wurde.

Die Entdeckung

Die ersten Touristen
Im 18.Jh. entwickelte sich Pompeji zu einer der größten Touristenattraktionen Europas. Der Maler Jacob Philipp Hackert besuchte die Ausgrabungsstätte im Jahr 1799. Dieses Bild zeigt die Säulengänge im Hof der Gladiatorenkaserne und das Theater.

Die Suche nach den versunkenen Städten am Vesuv begann fast zufällig im Jahr 1709, als der Bauer Resina beim Graben eines Brunnens auf mehrere Marmorplatten stieß. Bei der folgenden Jagd nach vergrabenen Schätzen wurden viele wertvolle Gegenstände zerstört oder gingen verloren. Erst als 1864 Giuseppe Fiorelli mit der Leitung der Arbeiten betraut wurde, begannen wissenschaftlich dokumentierte Ausgrabungen. Sie brachten einmalige Zeugnisse der Römerzeit ans Licht.

Schatztruhe

Die Funde aus Pompeji – von Schmuck bis zu Brotlaiben – geben Aufschluss über das Leben der alten Römer. Heute befinden sich die Fundstücke in Museen und Besucher aus aller Welt können sie bestaunen.

Vulkanische Gase verwandelten dieses Brot in Holzkohle. Dabei blieb sogar das Herstellerzeichen des Bäckers erhalten.

Brot für alle
Die in Pompeji ausgegrabenen Brotlaibe gleichen denen auf dem Bild oben: Ein Beamter verteilt kostenlos Brot an die Städter, vermutlich an einem Staatsfeiertag. In Pompeji gab es mindestens zehn verschiedene Brotsorten und sogar eine Art Hundekuchen.

Vorsicht, bissig!
Dieses Mosaik an einem Haus in Pompeji warnte Besucher: „Vorsicht, bissiger Hund!“ *(cave canem)*. Das sog. Haus des Fauns schmückte ein „Willkommensmosaik“.

Helm
In einem Raum im Obergeschoss der Kaserne fand man die Rüstung eines Gladiators, u.a. diesen Helm.

Schlängelei
In Pompeji fand man zwei solcher Goldarmreife in Schlangenform. Schlangenmotive waren auch für Ringe und Oberarmschmuck beliebt.

FIORELLI AM WERK

Giuseppe Fiorelli (hier bei der Beaufsichtigung der Ausgrabungen) unterteilte Pompeji in neun Bezirke und nummerierte die Häuserblöcke und Hauseingänge durch. So war, wenn man einen Gegenstand wegnahm, sein Fundort genau belegt.

Herculaneum

Zuerst dachte man, die Bewohner von Herculaneum seien der Katastrophe entgangen. Doch 1982 fand man menschliche Skelette am Strand und bald darauf mehrere hundert weitere in einem Bootsschuppen am Meer, in dem die Menschen Zuflucht gesucht hatten.

Herculaneum heute
Von Herculaneum konnten die Archäologen nur ein kleines Stück ausgraben, weil es 20 m unter der neuen Stadt Resina liegt.

Das Skelett trug zwei kostbare Goldringe.

Die „Frau mit den Ringen"
Eines der Skelette aus den Bootsschuppen, das zwei goldene Ringe und zudem Goldreifen trug, nannten die Archäologen die „Frau mit den Ringen". Alle reichen Römer trugen Goldschmuck.

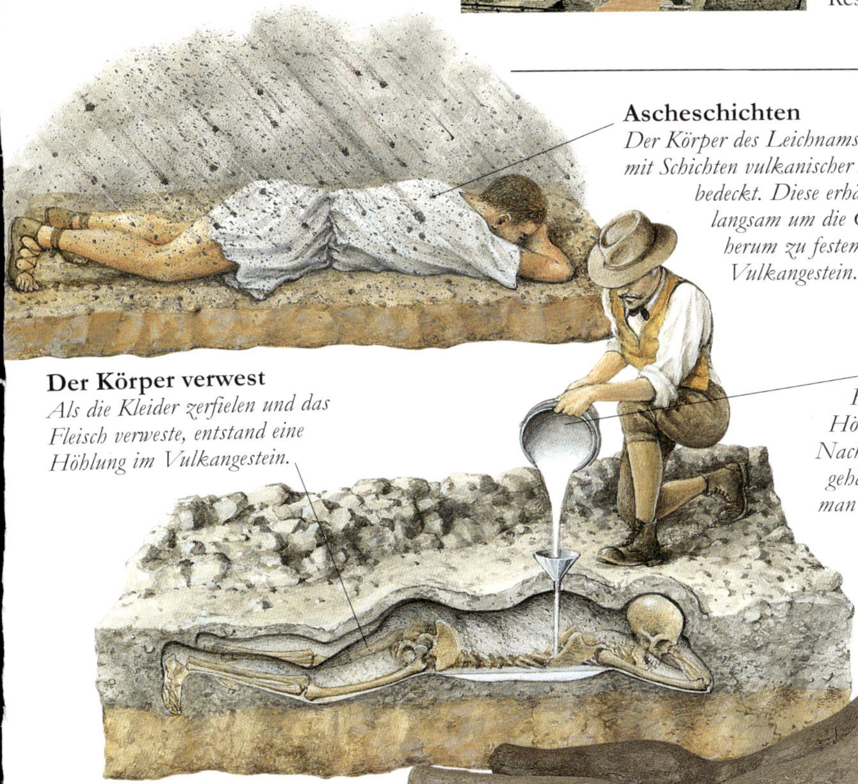

Ascheschichten
Der Körper des Leichnams wurde mit Schichten vulkanischer Asche bedeckt. Diese erhärteten langsam um die Gestalt herum zu festem Vulkangestein.

Der Körper verwest
Als die Kleider zerfielen und das Fleisch verweste, entstand eine Höhlung im Vulkangestein.

Gipsfiguren
Fiorelli füllte die Höhlung mit Gips. Nachdem dieser ausgehärtet war, schlug man das Gestein ab: Eine perfekte Körpergussform kam zum Vorschein.

FAKTEN

- 1943, im 2. Weltkrieg, wurden Gebäude beschädigt, als bei einem Luftangriff der Alliierten versehentlich 162 Bomben über Pompeji abgeworfen wurden.
- Im Haus des Bankiers Caecilius fand man 132 Schreibtafeln, die Einblick in die Vermögensverhältnisse vieler Pompejaner gaben.
- 1990 stahlen Einbrecher 250 Kunstwerke aus einem Lagerraum in Herculaneum, darunter auch die Juwelen der „Frau mit den Ringen".

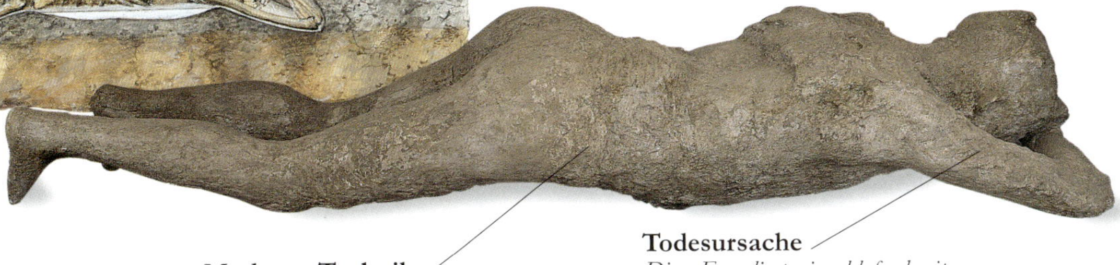

LEBENSECHT

Bekannt wurde Fiorelli vor allem für seine geniale Methode Menschen und Tiere zu rekonstruieren, die im Laufe der Zeit verwest waren. Mit dieser Technik gewann er sogar Aufschluss über Haartracht, Kleidung und Gesichtszüge.

Moderne Technik
Seit 1984 nimmt man statt Gips stärker beanspruchbares Epoxidharz.

Todesursache
Diese Frau liegt wie schlafend mit dem Kopf auf einem Arm. Sie hatte ihre Tunika übers Gesicht gezogen, um die giftigen Gase abzuwehren.

Tüftelarbeit
Noch heute arbeiten die Archäologen an der Ausgrabungsstätte. Jeder Fund wird vermessen und fotografiert und seine genaue Lage wird aufgezeichnet. Die Erde entfernt man mit kleinen, feinen Werkzeugen, damit nichts beschädigt wird.

Besuch in der Vergangenheit

Wie Detektive durchforschen Archäologen die Reste antiker Stätten, um etwas über das Leben der Menschen in der Vergangenheit zu erfahren. Diese beiden Seiten zeigen, wie sie in Pompeji eine Bar mit Theke, Vorratskrügen und einem Hausaltar fanden. Von solchen Funden kann man darauf schließen, was die Leute vor 1900 Jahren aßen und tranken und wie sie feierten.

Die Bar heute

In über 200 Gebäuden von Pompeji wurden Speisen und Getränke serviert; es gab Gaststätten mit Zimmervermietung, aber auch einfache Bars mit einer Theke zur Straße hin. Die Bar mit dem *Lararium* sieht heute in vielem noch so aus wie vor 2000 Jahren.

Amphoren
Wein wurde in großen Tonkrügen, den Amphoren, aufbewahrt. Verkauft aber wurde er in kleineren Krügen, den Carafes *oder* Cucumae.

Schutz
Laren schützten Geschäfte und Privathäuser.

Die Theke
Aus in die Theke eingesenkten Tonkrügen wurden u.a. heißer Gemüseeintopf und Wein verkauft.

Tageseinnahmen
Am Tag des Ausbruchs muss in der Bar viel los gewesen sein, denn in einem Krug auf der Theke fand man 683 Sesterzen.

Der italienische Archäologe Spinazzola inspiziert die Via dell' Abbondanza.

Die Ausgrabung

Spinazzola entdeckte die Bar mit dem *Lararium,* als er die Hauptgeschäftsstraße, später *Via dell' Abbondanza* (Straße des Überflusses) genannt, ausgrub. Er arbeitete von 1910–1924 an der Ausgrabungsstätte.

Made in Pompeji

Die Archäologen fanden in Pompeji große Mengen roter Tonwaren, was darauf schließen lässt, dass die Herstellung dieser Keramik ein wichtiger Industriezweig war. Weinamphoren mit dem Stempel der pompejanischen Töpferfamilie der Eumachii fand man sogar in Frankreich.

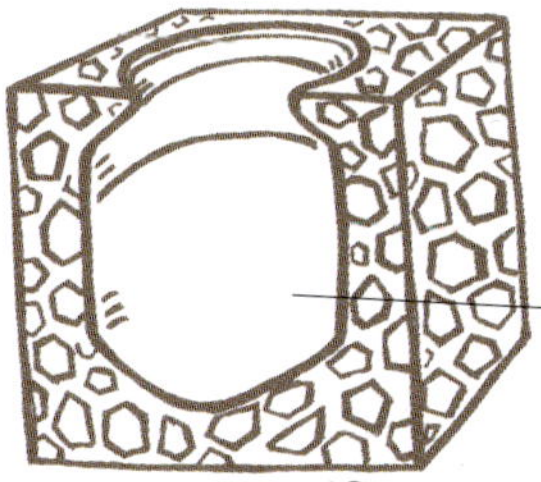

In die Theke versenkter Tonkrug

Dampfend heiß
Die steinerne Theke isolierte den Behälter, sodass die darin befindlichen Speisen und Getränke lange warm blieben.

Kochtopf auf Dreifuß

Manche Krüge waren sehr dekorativ.

Hahnenkrug

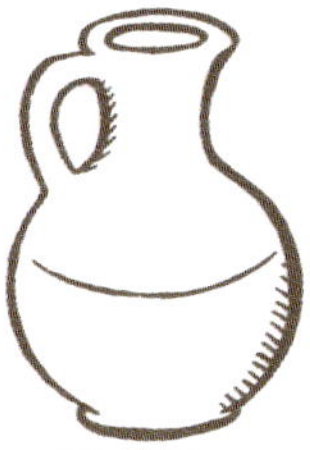

Wasserkrug

Pompeji in Gefahr
Umweltverschmutzung, Vandalismus, Diebstahl und schlechte Pflege aus Geldmangel gehören heute zu den Hauptproblemen der örtlichen Behörden, ebenso die Millionen Besucher, die jährlich nach Pompeji kommen.

In der Bar 79 n.Chr.

In der Römerzeit konnten die Gäste in einer Bar unter verschiedenen Weinen wählen – Falerner, „der kaiserliche Trunk“, war viermal so teuer wie der heimische Vesuvinum. Zu essen gab es u.a. Nüsse, Oliven, Brot, Käse und Zwiebeln.

Bedienung
Wir wissen, dass Männer und Frauen hinter der Theke standen – meist Sklaven.

Die Gäste
In Bars ging es hoch her. Wandmalereien zeigen Gäste beim Glücksspiel, lärmende betrunkene Männer und sogar Rausschmeißer.

Gut versiegelt
Diese Amphoren wurden mit einer Korkscheibe und Zement verschlossen.

Pompeji heute
Auch nach 200 Jahren Ausgrabungsarbeiten haben die Archäologen erst 60 Prozent der Stadt freigelegt. Die Kosten für die Erhaltung der 1500 Gebäude sind so hoch, dass neue Ausgrabungen kaum finanzierbar sind.

So war Pompeji

Pompeji dehnte sich über eine Fläche von etwa 60 Hektar aus. Die Straßen bildeten ein Gitternetz und die ganze Stadt war von einer massiven Mauer mit acht Toren und elf Wachtürmen umgeben. Nicht alle Zerstörungen in Pompeji gehen auf den Vulkanausbruch im Jahr 79 n.Chr. zurück. Funde von Baugerüsten und Kalk (für Mörtel) weisen darauf hin, dass das Erdbeben 17 Jahre zuvor ebenfalls beträchtlichen Schaden an den Gebäuden angerichtet hatte.

Eine Rekonstruktion

Dieses Modell von Pompeji im Jahr 79 n.Chr. aus der Vogelperspektive zeigt viele der in diesem Buch erwähnten Orte. Nur wenige Straßen trugen Namen, sodass Fremde immer wieder nach dem Weg fragen mussten.

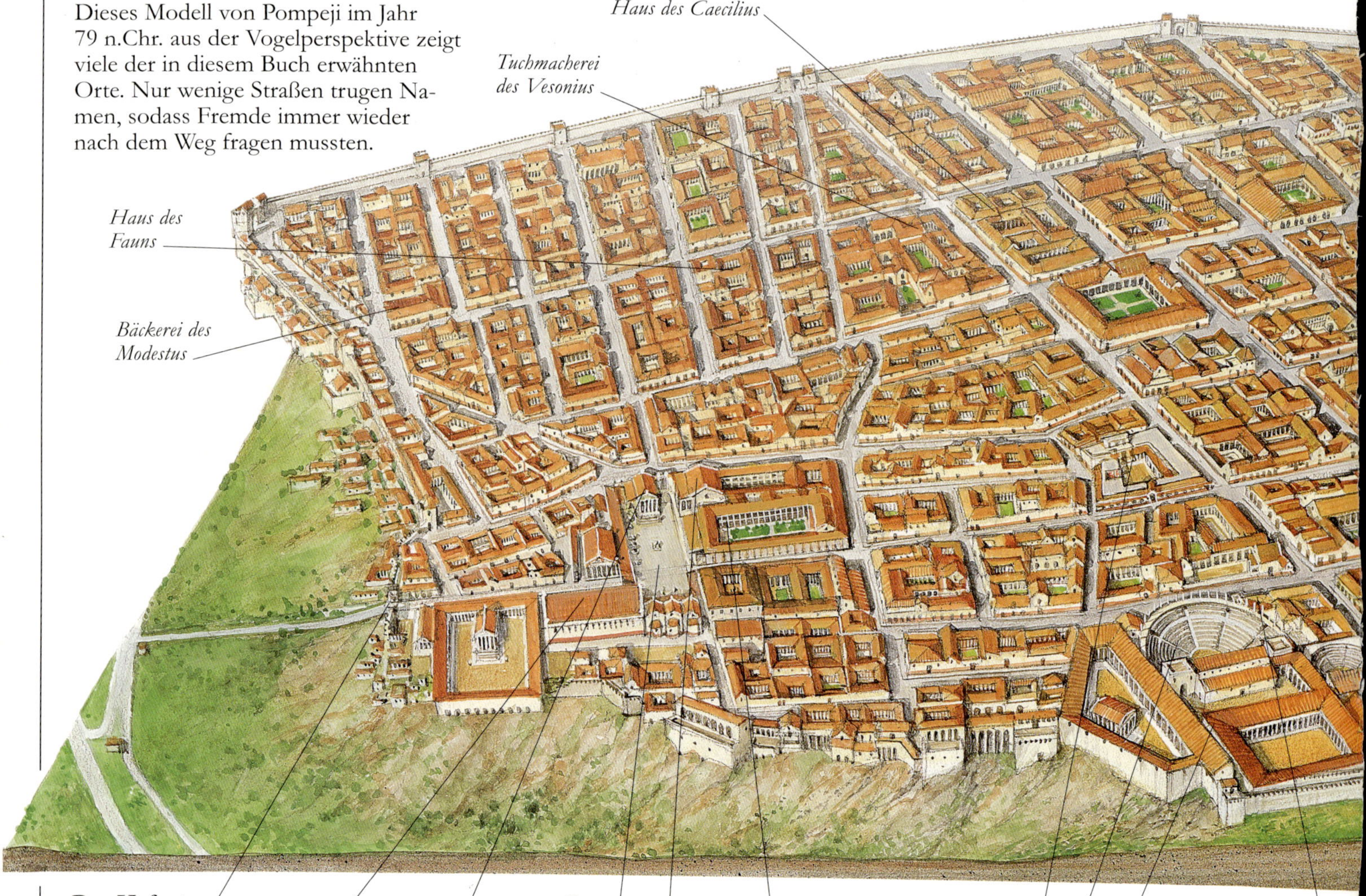

Das Hafentor
79 n.Chr. lag Pompeji 500 m vom Meer entfernt. Auf Grund vulkanischer Ablagerungen liegt der Ort heute 2 km landeinwärts.

Basilika (Gerichtshof und Börse)

Tempel des Jupiter

Forum

Macellum *(Lebensmittelmarkt)*

Die *Eumachia*
Dieses Handelshaus der Wollhändler war von der reichen Witwe Eumachia und ihrem Sohn gestiftet worden.

Stabianische Bäder

Theater

Gladiatorenkaserne

Tempel der Isis
Täglich wurden der in Pompeji sehr beliebten ägyptischen Göttin Isis Opfer dargebracht.

AUSGEWOGEN

In Pompeji fand man auch solche Bronzewaagen, mit denen in den Läden und auf dem Markt *(Macellum)* Waren abgewogen wurden.

DAMENSPIEGEL

Im Haus des Menander fand man 118 wertvolle Silbergegenstände, darunter diesen Spiegel. Die prachtvolle Villa wurde nach dem Bildnis des Dramatikers Menander, das sich auf einer der Hauswände befand, benannt.

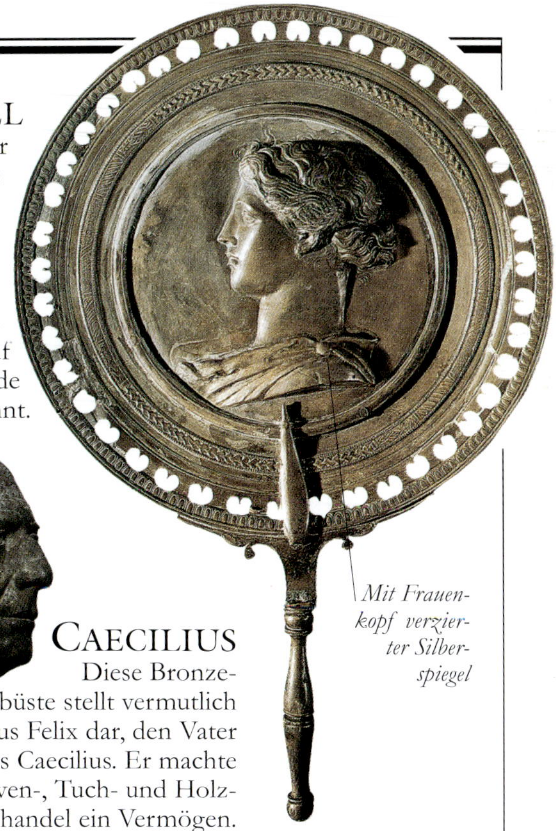

Mit Frauenkopf verzierter Silberspiegel

EIER

Eine Schale Eier (jetzt versteinert) aus dem Tempel der Isis gehörte wohl zum letzten Mahl der Isispriester.

CAECILIUS

Diese Bronzebüste stellt vermutlich Lucius Caecilius Felix dar, den Vater des Bankiers Caecilius. Er machte mit Sklaven-, Tuch- und Holzhandel ein Vermögen.

Läden
Verecundus' Filzgeschäft lag an Pompejis Hauptstraße, der Via dell' Abbondanza.

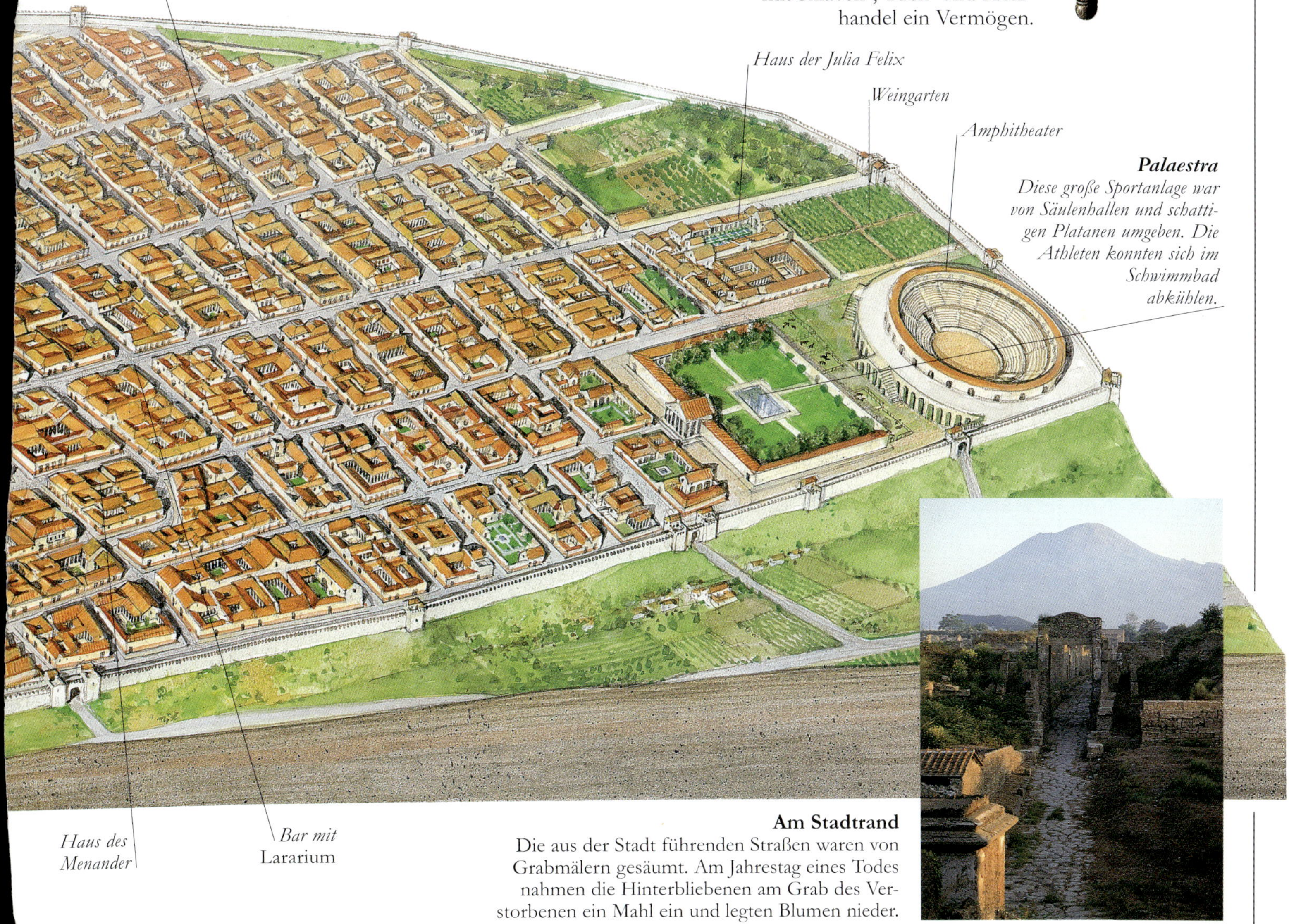

Palaestra
Diese große Sportanlage war von Säulenhallen und schattigen Platanen umgeben. Die Athleten konnten sich im Schwimmbad abkühlen.

Am Stadtrand
Die aus der Stadt führenden Straßen waren von Grabmälern gesäumt. Am Jahrestag eines Todes nahmen die Hinterbliebenen am Grab des Verstorbenen ein Mahl ein und legten Blumen nieder.

Alltag in Pompeji

Die Menschen von Pompeji hinterließen Häuser, persönliche Habe und Alltagsgegenstände, aber auch Mosaiken, Fresken und Graffiti. Diese Zeugnisse geben Historikern Aufschluss über den Alltag in einer römischen Stadt: über Essgewohnheiten, Arbeit und Interessen der Menschen. Wie die Menschen unserer Zeit verliebten sich auch die Pompejaner, sie tratschten, stritten und erzählten einander Witze. Manche Kinder schrieben sogar freche Bemerkungen über ihre Lehrer!

Tintenfische

Verkohlte Feigen

Heiße Asche und Gase verwandelten die Feigen in dieser Schale in Holzkohle.

Frische Feigen

Feigen gedeihen gut auf dem trockenen, steinigen Boden rund um Pompeji.

Pompejanisches Mosaik eines Küchensklaven

„Wenn wieder Früchte wachsen und diese Wüsten blühen, werden künftige Generationen glauben, dass hier, unter ihren Füßen, Städte und Menschen begraben liegen?“

Verse des Dichters Statius, geschrieben einige Jahre nach dem Vulkanausbruch

Ein römisches Stadthaus

Bronzestatue eines Fauns

Wir wissen nicht genau, wer im Haus des Fauns lebte, es könnte aber jemand wie der reiche Weinhändler Marcus Holconius mit seiner Familie gewesen sein. Der Tag der Familie begann im Morgengrauen mit einem Frühstück aus Brot, Honig und Oliven. Wenn Marcus dann seine Klienten im Atrium empfing, ehe er zum Forum aufbrach, gab seine Frau den Haussklaven Anordnungen für den Tag.

Namensgebung
Die unten dargestellte Villa ist eine der luxuriösesten von Pompeji. Nach der Faunstatue im Atrium nannten die Archäologen sie *Casa del Fauno*, Haus des Fauns.

Der Teich
Durch die Dachöffnung fiel Regen in den Teich im Atrium.

Atrium
Das Atrium war der Innenhof eines römischen Hauses.

Einkaufen
Der Sklave wollte in einem benachbarten Laden frische Oliven kaufen.

Frühe Besucher
Jeder wohlhabende Römer hatte sog. Klienten, ärmere Menschen, die von seinem Geld oder seinem Einfluss abhängig waren und ihm dafür Freundschaftsdienste erwiesen.

Viele Köche

In der Küche drängten sich die Sklaven, um das Abendessen *(Cena)* vorzubereiten. Zu den Leckereien in der Speisekammer zählten mit Mohn bestreute Siebenschläfer in Honig, würzige Soßen und in Mehl gerollte, mit Nüssen und Rosinen gefüllte Drosseln.

Küchengerät

Die Römer benutzten Küchengerät, das sich kaum von dem heutigen unterscheidet.

Reibe
Mit dieser Bronzereibe raspelte man wahrscheinlich Käse und Gemüse.

Sieb
In diesem Sieb goss man gekochte Speisen ab, um so den Saft von den Früchten zu trennen.

Spiel und Spaß
Marcus' Sohn und Tochter spielten unter dem wachsamen Auge ihres Tutors mit den Sklavenkindern.

SIESTA

Die Sommernachmittage waren heiß. Marcus besuchte die Bäder, während Frau und Kinder Mittagsschlaf hielten. Die einzigen um diese Zeit so richtig aktiven Lebewesen waren die Eidechsen, die in der Sonne umherflitzten.

Erlesene Dekoration
Dieses bunte Mosaik bildete einen Bereich des Fußbodens im Haus des Fauns. Es zeigt Krokodile, Flusspferde und andere exotische Tiere vom Nil. Die Pompejaner waren von den Geschichten, die sie über Ägypten gehört hatten, fasziniert.

Gärten
Die Römer liebten Gärten mit Teichen und Brunnen, geschnittenen Hecken und Büschen und schattigen Säulengängen. Auch duftende Blumen wie Rosen, Veilchen und Oleander schätzten sie.

IM GARTEN

Sklaven durften nicht heiraten, aber niemand konnte sie davon abhalten, sich zu verlieben. Dieser Sklave traf heimlich seine Geliebte im Garten.

Tischsitten
Die Römer aßen im Liegen und mit den Fingern.

VERHALTENSREGELN

„Schau nicht nach den Frauen anderer Männer. Sei im Gespräch nicht rüde. Werde nicht zornig oder beleidigend – Wenn du dich nicht benehmen kannst, geh nach Hause."

Wandinschrift in einem pompejanischen Esszimmer

Decken
Die Sklaven legten immer frische Leintücher auf die Sofas.

ABENDESSEN

Die Hauptmahlzeit des Tages begann um 16 Uhr. Um 20 Uhr waren Marcus, seine Frau und ihre Freunde noch immer beim Essen. Es gab über ein Dutzend Gänge, allerdings kleine Portionen.

Getränke
Diese Sklavin bringt einen Vesuvinum *genannten Wein aus der Umgebung. Man verdünnte den Wein mit Wasser und würzte ihn manchmal mit Honig und Pfeffer.*

Öffentliche Bäder

Die Bäder der Römerzeit waren beliebte Treffpunkte für die Stadtbewohner. Es ging dort laut und lebhaft zu. Der Schriftsteller Seneca klagte einmal über Badegäste, die in den höchsten Tönen sangen und schrien, während sie im Wasser plantschten. Die Pompejaner kamen in die Bäder, um sich nach der morgendlichen Arbeit zu entspannen. Neben dem Baden konnten sie mit Freunden plaudern, über Politik diskutieren, Geschäfte abschließen, spielen oder sich im Hof, der *Palaestra*, körperlich ertüchtigen. Wer zwischendurch Hunger oder Durst bekam, konnte Kuchen, heiße Würstchen und Getränke kaufen.

Schmutz abkratzen
Die Römer kannten keine Seife. Daher rieben sie ihren Körper mit Öl ein und kratzten den Schmutz dann mit einem langen Metallschaber oder Striegel *(Strigilis)* ab.

Fit bleiben

Die *Palaestra* war ein Hof, in dem man laufen, ringen, Gewichte heben, Ball spielen und sich (mit stumpfen Holzschwertern) im Fechten üben konnte.

Toiletten
Im Bad gab es sogar öffentliche Toiletten.

Freibad
Das Schwimmbecken war nicht beheizt.

Kegelbahn

Fakten

- Zum Zeitpunkt der Eruption gab es in Pompeji drei Bäder und in Rom etwa 170.
- Da die Geschäftsleute früh Feierabend machten, badeten sie am Vormittag, wenn das Wasser am wärmsten war. Händler und Ladenbesitzer kamen am frühen Nachmittag. Die Bäder schlossen bei Sonnenuntergang.

Treffpunkt Bad

Der Bankier Caecilius traf sich oft mit Freunden im Bad. Sie ließen ihre Kleidung im *Apodyterium* (Umkleidekabine) und gingen dann ins *Tepidarium* (Warmraum), um sich zu entspannen und den Körper an die Hitze zu gewöhnen. Danach begaben sie sich ins *Caldarium* (Heißraum), und ehe sie das Bad verließen, kühlten sie sich mit einem erfrischenden Bad im *Frigidarium* (kaltes Becken) ab.

Heißluft

Die Heizung

Die Römer erfanden eine sehr effektive Wasser- und Fußbodenheizung für ihre Bäder. Mit einem zentralen Ofen wurden Wasser und Luft erhitzt und die Warmluft zirkulierte unter dem Fußboden und in hohlen Wandziegeln.

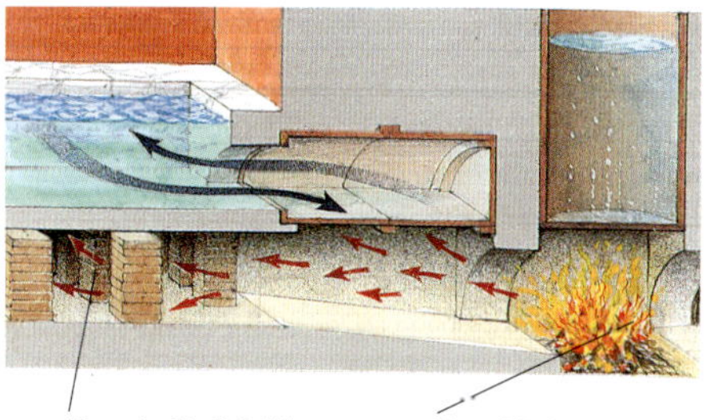

Durch die Hohlräume unter dem Fußboden konnte Warmluft zirkulieren.

Ein Holzfeuer heizte die Bäder und das Wasser in einem Tank.

Kaltraum

Wenn Caecilius in das Becken tauchte, nahm ihm das kalte Wasser den Atem. Andere sprangen nicht ins Becken, sondern ließen sich nur mit kaltem Wasser übergießen.

Warmraum

Caecilius und seine Freunde lagen auf Marmorbänken, während afrikanische Sklaven sie einölten und ihre Haut mit einem *Strigilis* säuberten.

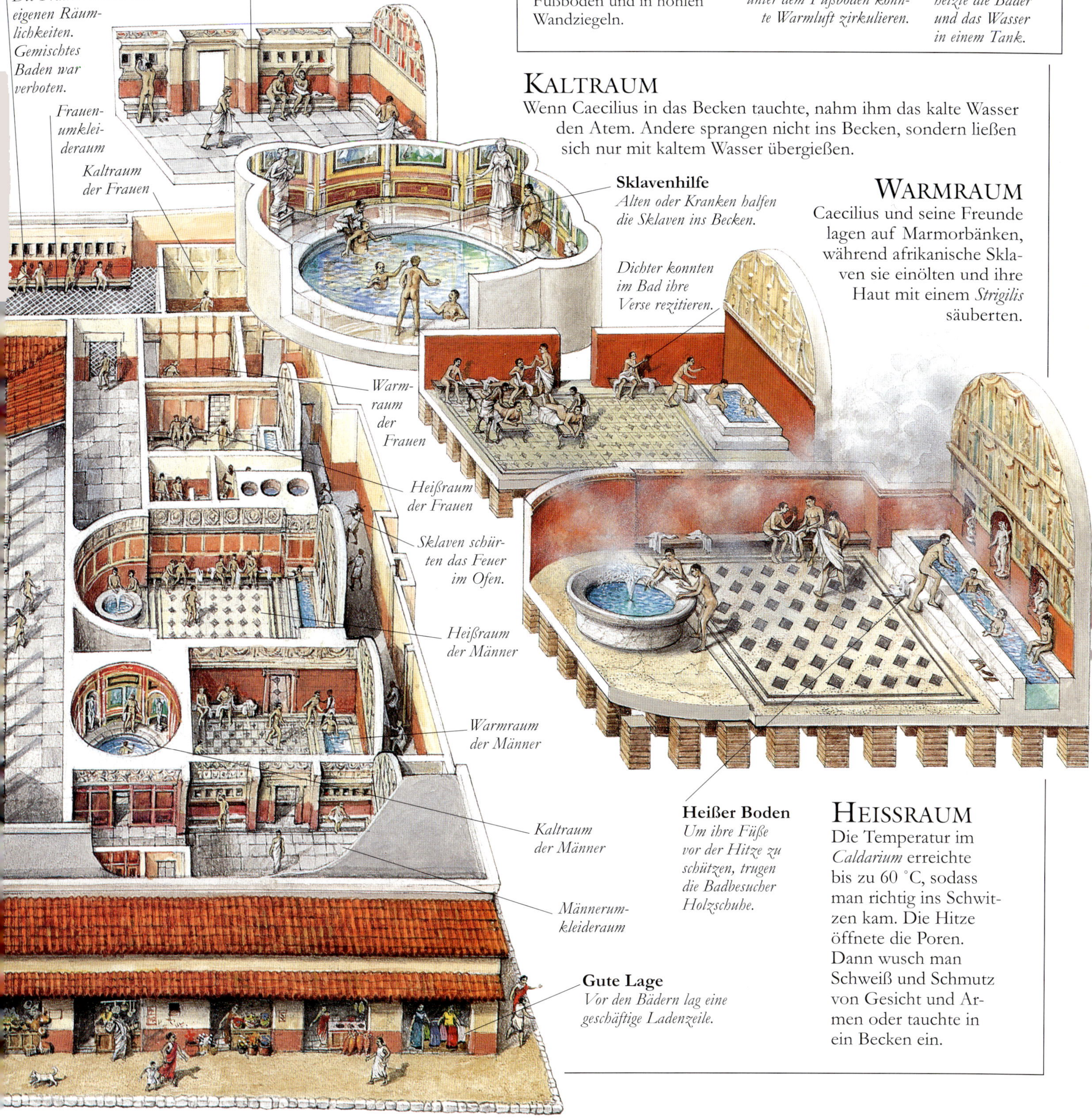

Nur für Frauen
Die Frauen hatten ihre eigenen Räumlichkeiten. Gemischtes Baden war verboten.

Sklavenhilfe
Alten oder Kranken halfen die Sklaven ins Becken.

Dichter konnten im Bad ihre Verse rezitieren.

Sklaven schürten das Feuer im Ofen.

Heißer Boden
Um ihre Füße vor der Hitze zu schützen, trugen die Badbesucher Holzschuhe.

Gute Lage
Vor den Bädern lag eine geschäftige Ladenzeile.

Heissraum

Die Temperatur im *Caldarium* erreichte bis zu 60 °C, sodass man richtig ins Schwitzen kam. Die Hitze öffnete die Poren. Dann wusch man Schweiß und Schmutz von Gesicht und Armen oder tauchte in ein Becken ein.

Im Theater

Die Pompejaner liebten Theaternachmittage. Eines ihrer Lieblingsstücke war die unterhaltsame Komödie *Das Hausgespenst* des Dichters Plautus. Theater-Festspiele dauerten jeweils drei bis vier Tage, während der die Zuschauer die unterschiedlichsten Aufführungen sehen konnten, von Tragödien über turbulente Verwechslungskomödien bis hin zu rüden Farcen. Besonders beliebt waren Pantomimen, in denen ein Schauspieler eine Geschichte aus der griechisch-römischen Sagenwelt zu Musik und Gesang tanzte oder szenisch darstellte.

Masken
Masken stellten unterschiedliche Charaktere dar: Den jugendlichen Liebhaber, die schöne Heldin, den alten Narren, den Sklaven usw. Masken für komische Figuren hatten einen großen, grinsenden Mund.

Zeitlose Geschichten
Römische Schriftsteller legten ihren Stücken bekannte Sagen zu Grunde. Manche Geschichten, wie die Herkulessagen, sind noch heute beliebt, u.a. in Filmen oder in Comics.

Musik und Gesang

Musikalische Untermalung
Die Römer untermalten ihre Stücke gern mit Musik. Lieder, Tänze und Szenenmusik wurden oft eigens für eine Aufführung geschrieben, doch leider wissen wir nicht, wie diese Musik klang.

Apollo, der Gott der Musik, mit seiner Leier

Bronzezimbeln

Bronzeflöte

Im Schatten
Im Sommer konnte es im Theater leicht 40 °C heiß werden. Um das Publikum vor der sengenden Sonne zu schützen, spannte man ein riesiges Segeltuchdach über den Rängen auf. Für diese Aufgabe wurden eigens Seeleute aus Neapel angestellt.

Wer zu spät kommt ...
Modestus musste ganz hinten stehen, weil er erst kurz vor Beginn der Vorstellung von seiner Bäckerei weggekommen war.

Sitzplätze
Wenn man einen guten Platz haben wollte, musste man früh kommen. Die bedeutenderen Bürger hatten Eintrittskarten aus Knochen mit eingravierten Tieren oder Früchten. Diese zeigten sie am Eingang vor und wurden von Platzanweisern zu reservierten Plätzen in den vorderen Reihen geführt.

Hinter der Bühne

Vielleicht spielte Dion die Rolle des Theopropides, in dessen Haus das Gespenst spukte. Seine Maske war aus Gips und Leinenbinden geformt und dann bemalt worden. Weil ihm unter der Maske sehr heiß wurde, zog er sie erst in letzter Minute auf.

„Als der Dichter Plautus tot, weinte die Komödie in ihrer Not. Dann stimmten all das Lachen, Spiel und Spaß gemeinsam ein mit fröhlichen Rhythmen in ihr Schrein."

Ein Epigramm (Ulkgedicht), entstanden nach dem Tod des Plautus

Proben in Pompeji
Eine genauere Betrachtung der Bilder und Mosaiken verrät einiges über das römische Theater. Auf diesem Mosaik aus Pompeji übt ein Schauspieler Tanzschritte, ein anderer probiert sein Kostüm an.

Sonnendach
Ein Segeltuchdach spannte sich über den gesamten Zuschauerraum. Hier ist nur ein Stück gezeigt, damit man ins Theater blicken kann.

Sponsoring
Die Kosten für diese Aufführung trug der Tuchmacher Vesonius. Für ihn war dies Wahlpropaganda.

Musikanten
Lieder wurden von Flöten, Zimbeln und Trommeln begleitet.

Kulissen
Das Bühnenbild wurde ähnlich wie heute gemalt.

Requisiten
Für Das Hausgespenst *brauchte man einen Wachhund – aus Holz.*

Das Hausgespenst

Der Sklave Tranio macht seinen Herrn Theopropides glauben, dass es in seinem Haus spukt, damit Theopropides' Sohn dort ein Fest feiern kann. Als Theopropides dahinter kommt, droht er Tranio Schläge an und dieser springt auf einen Altar und bittet die Götter um Schutz. Schließlich wird Tranio vergeben und das Stück endet glücklich.

„Zwanzig Gladiatorenpaare des Neropriesters Lucretius Satrius Valens und zehn Gladiatorenpaare, die sein Sohn stellt, kämpfen vom 8.–12. April in Pompeji. Es findet auch eine Tierhatz statt. Ein Sonnendach wird gestellt.“

Reklame für einen Schaukampf

Das Amphitheater

Wenn die Pompejaner ins Amphitheater gingen, wollten sie Blut sehen. Die Gladiatoren, die dort kämpften, wurden in besonderen Schulen ausgebildet und lebten wie Soldaten in Kasernen. Viele waren Sklaven, verurteilte Verbrecher oder Kriegsgefangene, es gab aber auch Freiwillige, die die Siegesprämie lockte. Die Schau begann mit dem Einzug der Gladiatoren ins Amphitheater, begleitet von Hornbläsern, und dauerte den ganzen Tag. Wenn Gladiatorenspiele stattfanden, war das Amphitheater meist voll und das Publikum raste vor Begeisterung.

Blutiger Sport
Im Amphitheater kämpften nicht nur Gladiatoren gegeneinander. Man ließ u.a. auch Bären kämpfen oder Löwen in der Arena Gazellen jagen.

Der Zweikampf

Der Netzkämpfer Crescens musste den gepanzerten Gladiator Murranus abwehren und mit seinem Netz fangen. Crescens hatte keine schützende Rüstung, nicht einmal einen Helm. Er verließ sich ganz und gar auf seine Wendigkeit.

Lärm!
Die Hornbläser unterstützten den Applaus des Publikums.

Netzwurf
Crescens warf sein Netz über den Gegner.

Taktik
Crescens stürzte sich mit seinem Dreizack auf Murranus, der sich mit seinem Schild verteidigte.

Charon
Ein Sklave war als Fährmann Charon verkleidet, der die Toten in die Unterwelt ruderte.

Beinschutz
Murranus trug Schienbeinschützer aus Metall.

Die Gladiatoren

Es gab verschiedene Gladiatorentypen: Ein *Thrax* trug einen kleinen Schild und einen Dolch, ein *Myrmillo* (nach dem Fisch auf seinem Helm) eine schwere Rüstung, ein *Equites* kämpfte zu Pferd, ein *Bestiarius* gegen wilde Tiere, ein *Retarius* mit dem Netz.

Thrax

Myrmillo

Equites

Bestiarius

Gegnerschaft
Vor dem Amphitheater kam es oft zu Messerstechereien zwischen den Anhängern gegnerischer Gladiatoren.

Randale
59 n.Chr. beschimpften Besucher aus der Nachbarstadt Nuceria die Pompejaner, die daraufhin mit Steinen warfen. Es kam zu einer wilden Rauferei, bei der Zuschauer aus beiden Städten zu Tode kamen. Der Vorfall wurde nach Rom gemeldet und das Amphitheater für die nächsten zehn Jahre geschlossen.

Der Sieg

Der siegreiche Crescens grüßte seine Anhänger. Später am Abend wurden Sprüche auf die Mauern der Stadt gemalt, die den großen Gladiator priesen. Kampf bis zum Sieg oder Tod war eine Frage der Ehre. Allerdings wissen wir von einem Gladiator namens Polycarpus, dass er „in schändlicher Weise“ davonlief.

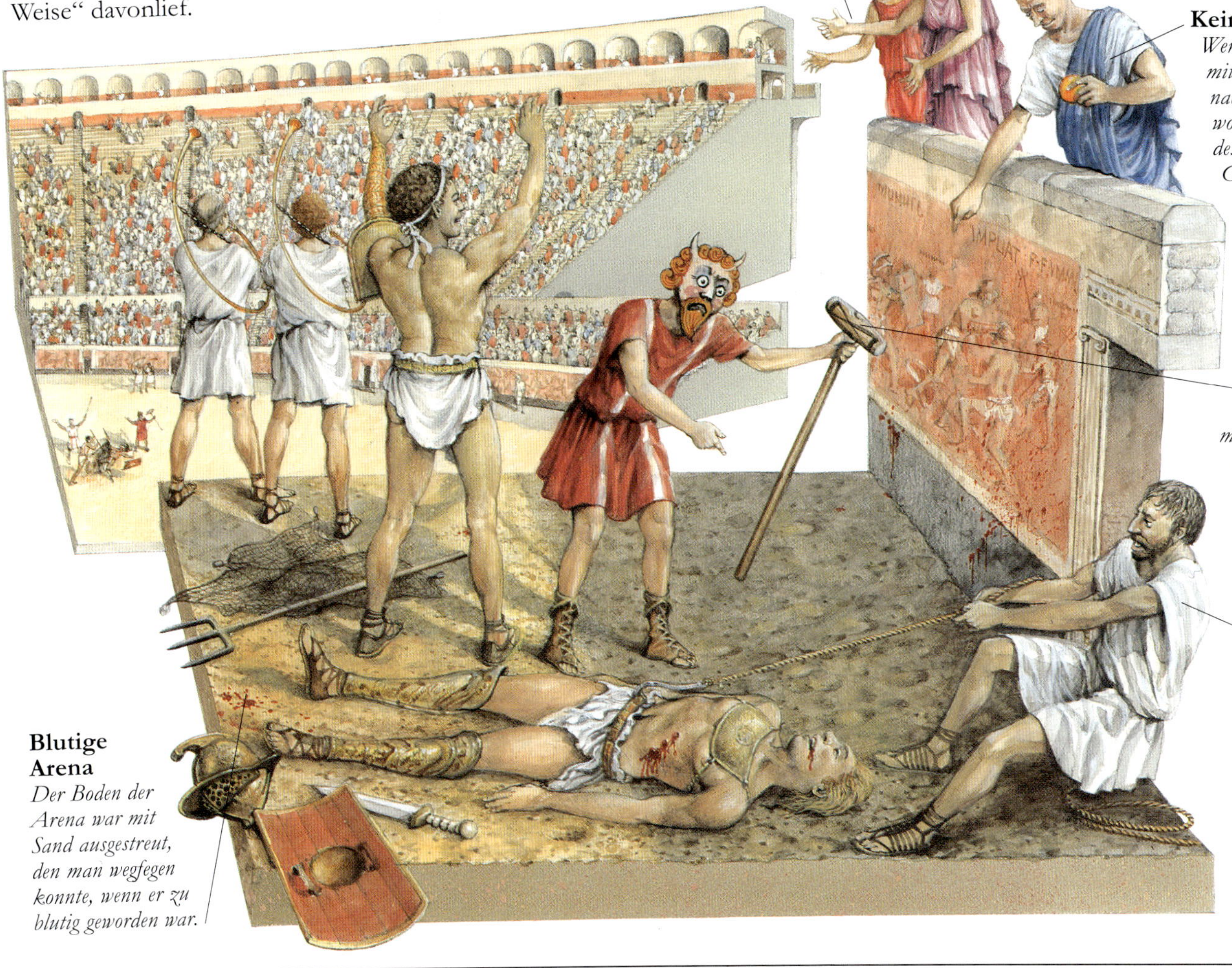

Weibliche Fans
Die Damen jubelten Crescens zu.

Keine Gnade
Wenn die Zuschauer mit dem Daumen nach unten zeigten, wollten sie den Tod des unterlegenen Gladiators.

Todesschlag
Charon versetzte mit seinem schweren Holzhammer dem unterlegenen Gladiator den letzten tödlichen Schlag.

Aus
Ein Sklave zerrte den Leichnam des Verlierers aus der Arena.

Blutige Arena
Der Boden der Arena war mit Sand ausgestreut, den man wegfegen konnte, wenn er zu blutig geworden war.

Der Vesuv 79 n.Chr.

Der Vesuv hatte über 800 Jahre geruht, bis der Druck in seinem Innern so groß wurde, dass der Berg explodierte. Zuerst dachte man, Pompeji sei von Asche- und Bimssteinregen verschüttet worden. Heute nimmt man an, dass rasende Glutwolken aus Gas und Asche (sog. pyroklastische Ströme) ähnlich denen, die man beim Ausbruch des Mount St. Helens im Jahr 1980 beobachtete, die Menschen getötet haben.

Die unvorstellbare Menge von 4 km³ Asche fiel in nur 9 Std. auf Pompeji und Herculaneum.

Dampf ablassen
Magma und Gas bahnten sich einen Weg durch den Hauptschlot, der in Kraternähe von fest gewordener Lava blockiert war. Daher sprengte die Mischung die ganze Spitze weg.

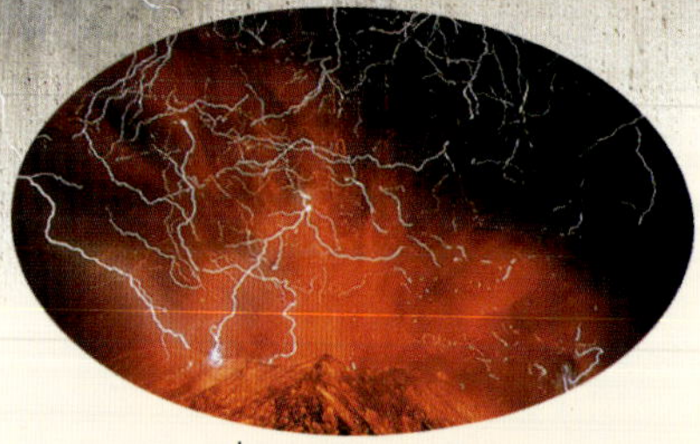

Vulkanische Blitze

Blitze
Die dichten Aschewolken verdunkelten die Sonne. Staubteilchen luden die Luft stark elektrisch auf, sodass Blitze als einzige Lichtquelle den zur Nacht gewordenen Tag erhellten.

Explosionsmaterial
Der Vulkan warf eine gewaltige Wolke von Magmakristallen, Lapilli (kleine Steinchen), Bimssteinbrocken, Lavabomben, gashaltiger Schlacke und Staubteilchen aus.

Im Laufe der Jahrtausende hatten Ablagerungen von Asche- und Lavaschichten den Vulkankegel ausgebildet.

Eruption

Dieses Schnittbild zeigt, was geschah, als sich Magma in einem gewaltigen Reservoir, der Magmakammer, 3 km unter dem Vesuv sammelte. Der Druck der angestauten Gase auf das Magma wurde so groß, dass es durch den Vulkanschlot nach oben gedrückt und weit in die Luft geblasen wurde.

Vulkanerde
Das Auswurfmaterial war sehr mineralreich und düngte den Boden. Bald schon wuchsen an den Berghängen wieder Pflanzen.

Der Druck des Magmas verstärkte sich, als es durch den engen Schlot gepresst wurde.

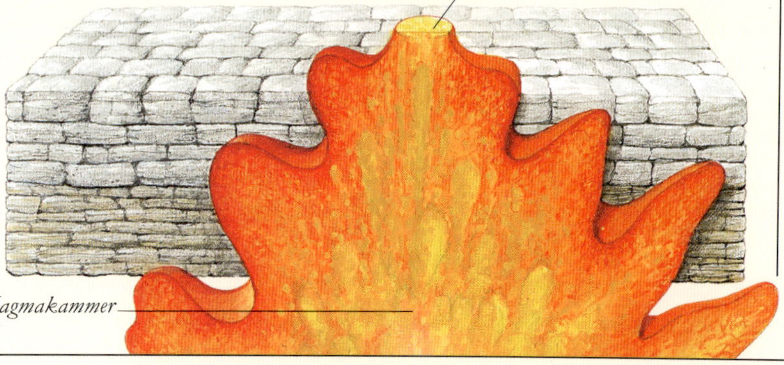

Die Magmakammer
Die riesige Kammer unter dem Vulkan reichte bis in 10 km Tiefe.

Plinische Eruption
Bei plinischen Eruptionen (benannt nach Plinius dem Älteren) entstehen gewaltige Asche- und Bimssteinwolken.

Ein Vesuv unserer Zeit

Als am 18. Mai 1980 der Mount St. Helens in den USA ausbrach, war der Fotograf Gary Rosenquist vor Ort. Er wurde Zeuge der Explosion und der glühenden Woge aus Gas und Asche, die alles auf ihrem Weg zerstörte.

Nach 38 Sekunden
Die erste Explosion um 8.32 Uhr ließ die ganze Nordseite des Berges zerbersten. Dieses 38 Sekunden später aufgenommene Bild zeigt, wie eine Aschewolke vom Gipfel aufsteigt, während eine Gesteinslawine den Hang hinunterrollt.

... vier Sekunden später ...
Die Gesteinslawine wird von der schnelleren Aschelawine aus Staub und zerstobener Lava überholt. Sie rast mit bis zu 1000 km/h bergab.

... elf Sekunden später
Die Aschewolke hüllt die Geröllawine völlig ein. Rechts auf dem Foto sieht man, wie Gesteinsbrocken (sog. Lavabomben) durch die Wucht der Explosion aus der Wolke geschleudert werden.

Der Wald nach dem Ausbruch des Mount St. Helens

Völlig zerstört
Dieses Foto vermittelt einen Eindruck von der Zerstörung durch den Vulkan. Die Glutwolke verursachte katastrophale Verwüstungen. Sie entwurzelte Bäume und hinterließ verkohlte, umgemähte Wälder.

Im letzten Moment
Rosenquist schoss diese letzte Aufnahme, ehe er zu seinem Wagen flüchtete. Als er davonfuhr, schlugen bereits murmelgroße Schlammkugeln gegen seine Windschutzscheibe. Innerhalb von Minuten war es stockfinster.

Ereignisse am Vesuv im Jahr 79 n.Chr.

1 Gegen Mittag folgte auf eine Explosion, lauter als ein Überschallknall, ein Gas- und Magmaausbruch aus dem Vulkanschlot.

2 Der Wind trieb die Vulkanwolke nach Südosten. 19 Std. lang regnete es auf Pompeji und seine Umgebung Asche und Bimsstein.

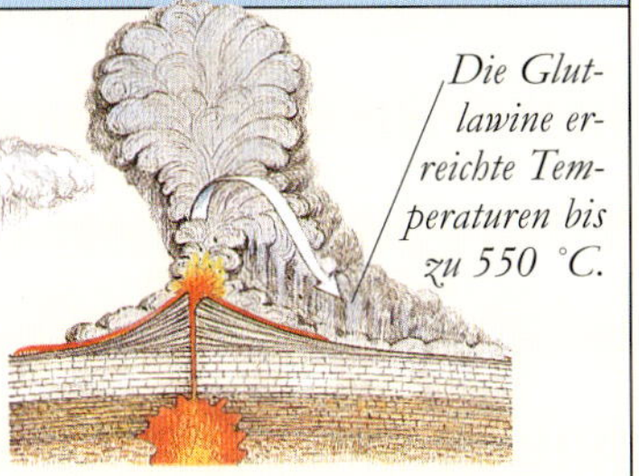

3 Um 23.30 Uhr brach die Säule zusammen und eine Glutwolke zerstörte Herculaneum. Gegen 7.30 Uhr am 25. August erreichte ein Lavastrom Pompeji.

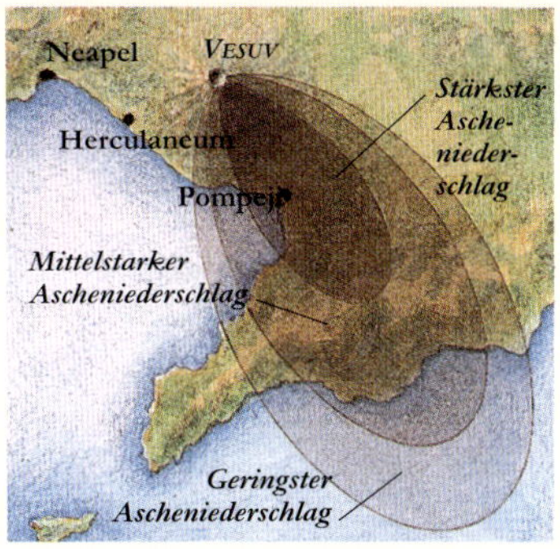

Tödlicher Wind
Ein Nordwestwind trug die Asche 100 km über den Golf von Neapel nach Süditalien.

Was ist ein Vulkan?

Ein Vulkan ist eine Öffnung in der Erdkruste. Vulkane brechen aus, wenn Massen heißer Gase und geschmolzenen Gesteins (Magma) aus dem Erdmantel durch die Erdkruste aufsteigen. Starker Druck drängt Gase und Magma durch die Öffnung, wo sie als Wolken aus Asche und Gesteinsteilchen in die Luft geschleudert werden oder als Ströme feuriger Lava herausquellen.

Feuergürtel
Die meisten Vulkane bilden Bänder entlang der Plattenränder. Die Karte oben zeigt die drei wichtigsten Plattenrandtypen: Vulkanische Rücken oder Bildungszonen (rot), Subduktions- oder Verschluckungszonen (orange) und Verwerfungszonen (schwarz). Die Begriffe werden unten erklärt.

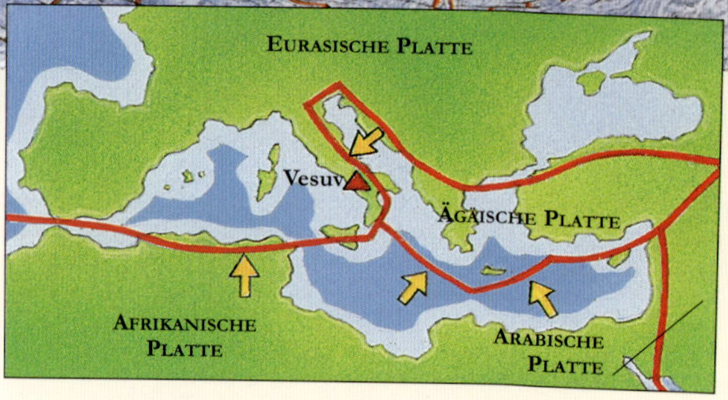

Vulkanische Aktivität im Mittelmeerraum
Die Ägäische Platte schiebt sich im Vesuvgebiet unter Italien (Subduktionszone). Der abtauchende Plattenrand schmilzt zu Magma, das sich ab und zu einen Weg nach oben bahnt.

Die tektonischen Platten der Erde (Lithosphäre) schwimmen wie Flöße auf der Astenosphäre.

Magma steigt an Plattenrändern auf, an denen Gestein „geschluckt" wird.

Die Temperaturen im Mantel steigen mit zunehmender Tiefe von 800 bis 1000 °C auf 2000 bis 3000 °C.

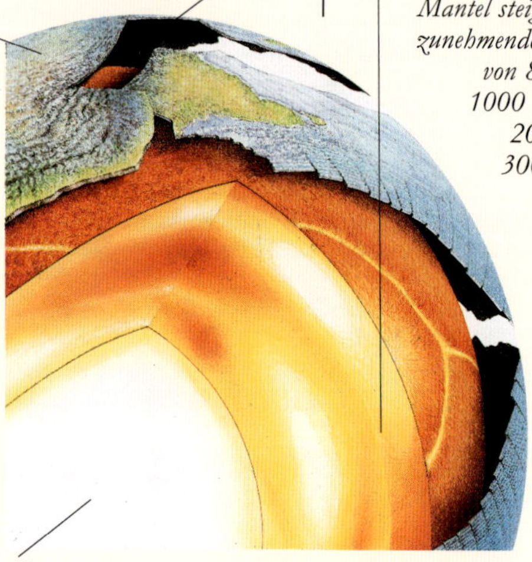

Kern

Schnitt durch die Erde

In der Erde
Im Zentrum der Erde befindet sich ein bis zu 5000 °C heißer Kern aus flüssigem Eisen und Nickel. Zwischen der festen Erdkruste und dem Kern liegt der etwa 2900 km dicke Mantel. Die starre oberste Mantelschicht bildet mit der Kruste die Platten der Lithosphäre. Daran schließt sich die plastische bis flüssige Asthenosphäre an.

Plattenränder

Wo zwei Platten aufeinander treffen, können sie auseinander weichen, aneinander vorbeigleiten oder eine taucht unter die andere ab.

Magma steigt aus dem Mantel auf.

Vulkanische Rücken
Wo zwei tektonische Platten auseinander weichen, steigt Magma aus dem Mantel auf und füllt den Spalt. So entsteht neue Erdkruste (Bildungszonen).

Platten gleiten aneinander vorbei.

Verwerfungszonen
Wo Platten aneinander vorbeigleiten, reiben sie sich. Dies verursacht Erdbeben.

Eine Platte taucht unter die andere.

Subduktionszonen
Wo zwei Platten zusammenstoßen, taucht die dünnere ozeanische Kruste unter die dickere kontinentale. Im Mantel schmilzt die Kruste (Verschluckungszonen).

Die Geschichte des Vesuv
Vulkane sind unberechenbar. Sie können lange Zeit Feuer speien, aber auch Jahrhunderte in einen „Dornröschenschlaf" versinken. Die Zeitleiste unten zeigt die größeren aufgezeichneten Ausbrüche des Vesuv von 79 n.Chr. bis 1944.

Pompeji, Herculaneum und Stabiae werden zerstört.

Der Schriftsteller Dio Cassius beschreibt das „mächtige Gebrüll" dieser Eruption.

Die Explosion blies Asche bis nach Konstantinopel – über 1200 km weit.

Die Eruption soll zwei Jahre gedauert haben.

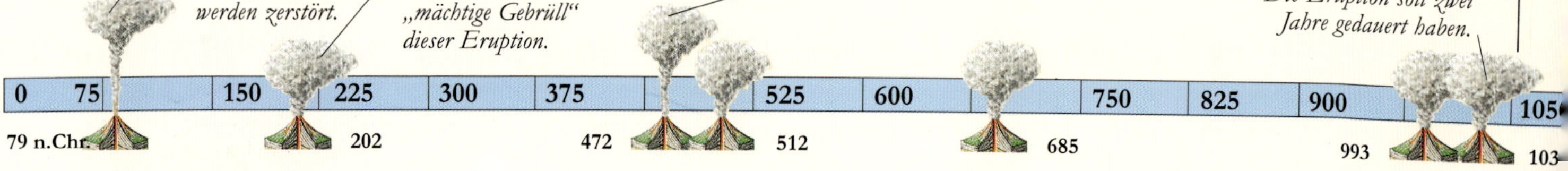

In der Aschewolke wurden Temperaturen von 315 °C gemessen.

Mount St. Helens, USA (1980)

Rot glühende Lavaströme

Mauna Loa, Hawaii

Eruptionstypen
Explosive Eruptionen können plötzlich auftreten. Dabei werden gewaltige Gas- und Aschemengen ausgeschleudert. Bei basaltischen Lavavulkanen (Basalt ist das dunkle Gestein, das aus erkalteter Lava besteht) treten Lavaströme aus. Wie bei vielen Vulkanen gibt es beim Vesuv beide Eruptionstypen.

Naturkatastrophe

Menschen, die im Schatten eines Vulkans leben, wissen um die Gefahren. Allerdings kann man nicht vorhersagen, wann genau und wie stark ein Vulkan ausbricht.

Vulkanologen
Vulkanologen zeichnen vulkanische Aktivitäten auf, beobachten und deuten sie. Das Sammeln von Gas- und Lavaproben am Kraterrand ist eine gefährliche Arbeit, sie kann aber Leben retten helfen.

Pinatubo, Philippinen (1991)

Asche und Staub
Wolken aus Asche und Staub können Tiere ersticken, Ernten vernichten und den Verkehr lahm legen.

Kilauea, Hawaii (1987)

Lavastrom
Lavaströme fordern selten Menschenleben, doch sie „überschwemmen" alles: Wälder mit Bäumen und Sträuchern, Straßen und Häuser.

Mayon, Philippinen (1993)

Schlammlawine
Eine Schlammlawine, die sich mit bis zu 100 km/h bewegt, kann eine Stadt in Minuten vernichten und die Menschen unter Gestein, Vulkanschutt und Schlamm begraben. Wenn sie zur Ruhe kommt, wird das Material hart wie Beton.

Arbeit am Vesuv

Das erste Vulkanobservatorium wurde 1841 am Vesuv errichtet. Viele bedeutende Vulkanologen arbeiteten dort, darunter Luigi Palmieri, der Erfinder des Seismografen, und Giuseppe Mercalli, der eine Skala zur Bewertung der Erdbebenstärke (S.19) entwarf.

Vesuvlabor
Das Observatorium wurde gebaut, damit Wissenschaftler die Vulkanaktivität messen konnten.

Die empfindliche Feder nahm die leiseste Erschütterung wahr.

Palmieris Seismograf
Mit diesem ersten elektronischen Instrument zur Messung von Erderschütterungen hoffte Palmieri Ausbrüche vorhersagen zu können.

Hier wurde die Stärke der Beben aufgezeichnet.

Der Vesuv heute

Zukünftige Aktivität
Heute erscheint der Vesuv harmlos, doch sehr wahrscheinlich bricht er wieder aus. Im und um das Vesuvobservatorium messen Wissenschaftler jede Veränderung, in der Hoffnung einen Ausbruch rechtzeitig vorhersagen zu können.

Nach dieser Eruption wurde der Vesuv bis an den Krater landwirtschaftlich genutzt.

Bei der schlimmsten Eruption seit 79 n.Chr. starben über 4000 Menschen.

Seit 1751 wurden die Ausgrabungen immer wieder durch vulkanische Aktivität unterbrochen.

Eine mehrere Tonnen schwere vulkanische Bombe wurde in einem Garten 5 km vom Krater entfernt gefunden.

125 | 1200 | 1275 | 1350 | 1425 | 1500 | 1575 | 1650 | 1725 | 1875 | 1950

1500 · 1631 · 1682 · 1822

Der letzte aufgezeichnete Ausbruch war 1944.

Register

A
Actium, Schlacht von 9
Ägypten 37
Alarich 9
Amphitheater 33, 42–43
Amphoren 30, 31
Archäologen 6, 20, 26, 29, 30, 32, 36
Aschewolken 44–45
Asthenosphäre 46
Ätna 11
Atrium 36
Attila, Hunnenkönig 9
Augustus, Kaiser 8, 9, 23
Ausgrabungen 26–27, 28, 29, 30, 32

B
Bäcker 13, 28
Bäckereien 22, 32
Bäder 8, 37, 38–39
Barbaren 8, 9, 11
Bars 23, 30–31, 33
Basilika 12, 32
Bienen 15
Bimsstein 21, 25, 44, 45
Blitze 16, 44
Bootsschuppen 25, 29
Boudicca, Königin 8
Brot 28
Bulla (Goldapfelamulett) 14
Büros 12, 13
Byzanz 9

C, D, E
Charon 15, 42, 43
Christentum 9
Dichtung 13, 35, 39, 41
Diebe 29, 31
Diokletian, Kaiser 8
Dunkelheit 16, 21, 25, 44–45
Eidechsen 37
Eier 20, 33
Erdbeben 8, 18, 19, 21, 32, 46
Erdkern 46
Erdkruste 46
Erdmantel 46
Erziehung 14
Essen 10, 19, 31, 34–35, 37, 38
Eumachia 12, 32
Explosionen 20–23, 44–45, 47

F, G
Feste 20, 23
Fiorelli, Giuseppe 28, 29
Fisch 10, 35
Flüsse 10, 11
Forum 12, 20
„Frau mit den Ringen" 29
Frauen 15, 31, 39
Friedhöfe 27
Fußbodenheizung 39
Gallier 9
Gärten 37
Garten der Flüchtlinge 27
Garum 10
Gase 21, 22, 25, 28, 34, 44, 45, 46
Gips, Ausgießen von Hohlräumen mit 27, 29
Gladiatoren 22, 23, 28, 42–43
Glutwolken 44–45
Golf von Neapel 10, 11, 24, 45
Götter und Göttinnen 7, 10, 12, 13, 15, 18, 19, 21, 32, 40
Grabmäler 14, 15, 33
Graffiti 13, 26, 34, 43

H
Hafen 25, 32
Hausaltar *(Lararium)* 7, 14, 15, 19, 30
Häuser 19, 22, 36–37
  Haus der Julia Felix 15, 23, 33
  Haus der Silberhochzeit 27
  Haus des Caecilius 13, 19, 29, 32
  Haus des Fauns 28, 32, 36–37
  Haus des Menander 33
Hausgespenst, Das 40–41
Hawaii 47
Helme 28
Herculaneum 8, 29, 44, 45, 46
Hochzeit 15, 37

I, J, K
Italien 11
Japan 19
Julius Cäsar 9
Jungen 14
Kaiser 8–9
Kampanien 11
Kämpfe 42–43
Karthago 8
Kasernen 22, 28, 32, 42
Keramik 10, 31
Kilauea 47
Kinder 14–15, 18, 27, 37
Knöchelspiel 18
Konstantin, Kaiser 8, 9
Küchen 36

L, M
Ladengeschäfte 7, 8, 18, 33, 36, 39
Lapilli 44
Lararium s. Hausaltar
Lava 25, 44–45, 46, 47
Lavabomben 45
Legionäre 23
Lithosphäre 46
Macellum (Lebensmittelmarkt) 13, 33
Mädchen 14, 15
Magma 44, 45, 46
Mahlzeiten 36, 37
Mark Anton 9
Marktstände 12, 20
Masken 40, 41
Mauna Loa 47
Mayon 47
Mercalli, Giuseppe 47
Mercalli-Skala 19
Misenum 24
Mittelmeer(raum) 8, 10, 11, 46
Mosaiken 10, 34, 35, 37, 41
Mount St. Helens 44, 45, 47
Münzen 6, 30
Murmeln 18
Musik 40, 41, 42

N, O, P, R
Neapel 8, 11, 45
Netzkämpfer 42, 43
Odoaker 9
Opfer 21, 32
Palaestra 33, 38
Palmieri, Luigi 47
Philippinen 47
Pinatubo 47
Plattenränder, tektonische 46
Plautus 12, 40, 41
plinischer Eruptionstyp 44
Plinius
  der Ältere 16–17, 24–25, 44
  der Jüngere 16–17, 24
Purpurschnecken 10
Ravenna 11
Richter-Skala 19
Rom 8–9, 11, 38, 43
Römisches Reich 8–9
Romulus und Remus 8
Rücken, vulkanische (Bildungszonen) 46
Rüstung 28, 42

S
San Francisco 19
Schauspieler 21, 40–41
Schienbeinschützer 42
Schlammlawinen 47
Schlangenarmreif 28
Schmuck 28
Schwimmbecken 33, 38–39
Scipio 8
Seismografen 47
Senat 8
Seneca 38
Siesta 37
Skelette 29
Sklaven 8, 9, 13, 14, 20, 22, 25, 31, 35, 36, 37, 39, 42, 43
Spartacus 9
Spiele 18, 37, 38
Spinazzola 30
Sport 33, 38, 42–43
Stabiae 24, 25, 46
Statuen 13, 15, 23, 36
Straßen 6–7, 11, 18, 20, 32–33
Striegel *(Strigilis)* 38, 39
Subduktionszonen (Verschluckungszonen) 46

T
Tarquinius, König 8
Tempel 8, 12, 13, 21, 32
Theater 8, 21, 28, 32, 40–41
Tiber 8, 11
Tiere 18, 19, 22, 28, 42
Tischsitten 37
Tod 15, 33
Toiletten 38
Touristen 28, 31

V
Verkohlung 28
Verwerfungszonen 46
Vesuv 8, 9, 10, 17, 18, 20–22, 24, 44–47
Vesuvobservatorium 47
Via Appia 11
Via dell' Abbondanza 30, 33
Villen 11, 27, 33
Vulcanus (Vulkan) 11, 18
Vulkanausbrüche 8, 16–17, 20–25, 44–47
Vulkanerde 11, 26, 44
vulkanische Asche 6, 11, 21, 25, 29, 34, 44, 45, 46, 47
vulkanische Bomben 25, 44, 47
Vulkanologen 47

W, Z
Waage 33
Wahlen 13, 41
Warmluft 39
Wasser 18, 19
Wein 10, 30, 31, 37
Weinbau 10, 33
Wind 25, 45
Wolle 11, 32
Zentralheizung 39
Zweiter Weltkrieg 29

Bildnachweis

m=Mitte; o=oben; u=unten; l=links; r=rechts

Ancient Art and Architecture Collection: Ronald Sheridan 19or; **Archivi Alinari:** 32ol; **AKG London:** 8m, 9mr, 14u; Erich Lessing 15ur; **Museo Archeologico di Napoli:** 2mr, 27o, 28ul, 29ur, 34ul; **Bridgeman Art Library:** Museo Archeologico Nazionale, Neapel: *Der Bäcker und seine Frau* (um 50 n.Chr.) 20ol; *Ein Kampf im Amphitheater* (1.Jh.n.Chr.) 43or; Musée des Beaux-Arts, Lille/Giraudon: *Die Schmiede des Vulkan*, Flämische Schule (15.Jh.) 18ol; Museo e Gallerie Nazionali di Capodimonte, Neapel: *Der Tod des Julius Cäsar* von Vincenzo Camuccini (1773–1844) 9mu; Goldene Bulla aus dem Haus des Menander (79n.Chr.,) 14mlo; **British Museum:** 6ul, 9ur, 11mr, 15ul, 18ul, 33ol, 38ml; **Camerapress:** Grazia Neri 31or; **Colorific:** Gary Braasch/Woodfin Camp 45or; **Corbis:** Roger Ressmeyer 11or; **G. Dagli Orti:** 33or; **Jean Dieuzaide:** Musée des Augustins, Toulouse: *L'éruption du Vésuve et la Mort de Pline* von Pierre Henri de Valenciennes (1813) 16–17m; **CM Dixon:** 5mr, 8mr, 14ol, 22or, 34–35u; **Mary Evans Picture Library:** 8ul, 9um–ml, 16mlo, 26–27m, 29ol; Lin Eposito: 28um, 29mo; **Fine Art Photographs:** 6–7m; **Ronald Grant Archive:** *Asterix in Amerika* © 20th Century Fox/Gaumont 9ml; *Hercules unchained* (dt. *Samson, Befreier der Versklavten)* © Warner-Pathé (1958) 40ml; **Sonia Halliday Photographs:** 8ur; **Robert Harding Picture Library:** 8ol, 9ul, 10ul, 15mor, 28ur, 30m, 41mr; **Frank Lane Picture Agency:** A. Nardi/Panda Photo 47mr; **National Geographic Society:** O. Louis Mazzatenta 29or; **National Trust Photographic Library:** *Pompeji* von Jacob Philipp Hackert (1737–1809), John Hammond 28ol; **Planet Earth Pictures:** Bourseiller und Durieux 19ur, 47ol–mo; Krafft 47or–m; **Phototeque des Musées de la Ville de Paris:** *Das Forum von Pompeji:* ein Grundriss, Léon Jaussely (1910) 12–13u; **Rex Features:** Sipa-Press 47mr; Sipa-Press/T.Nishiinoue 44or; **Photo RMN:** Chuzeville 14m; **Gary Rosenquist:** 45ol, mo, ml, mr; **Scala:** 36ol; Musei Capitolini, Rom 40ol; Museo Nazionale, Neapel 10ol, 37o; Palazzo Madama; Rom 8m; **Science Photo Library:** Peter Menzel 19mr; **Frank Spooner Pictures:** Morrison/Liaison 47ml; **University of Bradford/Department of Archeological Sciences:** Rick Jones 30ol; Roger Viollet: 30ul; **Visual Arts Library:** Artephot/Held 11m; Nimatallah 8ml; **Werner Forman Archive:** 28mr, 33ur; Museo Archeologico Nazionale, Neapel 15ol, 33mo; Museo Capitoline, Rom 40ul.

Einband: **Bruce Coleman Collection:** Stefano Amantini Vordereinband mro.

Zusätzliche Illustrationen: John Lawrence, Venice Shone